酸甜江南

楊明／著

目次

輯三：滋味南國

安放思念（自序）

一個地方的意義，往往要等到離開了，才會清楚意識到，那些突然浮上腦海的畫面，觸手可及的氣味，還有猝不及防的想念。

中學時，因為喜歡中國古典詩詞，遂對江南生出一種特殊的情懷，楊柳岸的離別，青石板的思念，小橋流水人家的靜謐，煙花三月的浪蕩，落魄江湖的惆悵……沒去過江南的我對那一片水鄉浮想聯翩，這樣的想望中有白居易有蘇東坡，有柳永有李叔同，甚至揉雜了紅樓夢裡大觀園的生活情趣，一種純中國式的精緻，亭臺樓閣，細瓷碗碟，繡花裙襖交織堆疊。那時候，錦繡出版社印製了一套書，書裡全是精美的大陸風景照片，那套書的售價對一個中學生來說頗高，我的零用錢平日早已買各種無用瑣碎小物花掉了，一向對女孩留意的可愛配件沒興趣的同學CS，看到報上賣書的廣告，大手筆地買下了整套書。書寄來後，我向她借，其中一本《煙雨江南》，照片中的湖光山色，青瓦白牆，綠柳紅荷，雕窗迴廊，具體了我心中勾繪的江南，那書我一借數年，不想還了，CS也從不問我。

多年之後，CS成為土壤學博士，其實不讓人意外，她的個性本就適合走研究的路。倒是我，在臺灣的媒體圈兜兜轉轉，十年前，竟然去了成都，當時的重回校園其實是一時興起，居遊的目的恐怕大於研究學問，一對中年夫妻遠離家鄉攜手攻讀博士，充滿豪情壯志之餘也不失浪漫，我們住在府南河邊，過著吃香喝辣的生活，可不是嗎？麻辣火鍋裡花椒的香與辣椒的辣揉雜出成都特有的滋味。數年後，學業完成，開始客居杭州的日子，往南遊金華衢州北海湛江，循蘇東坡李清照足跡，往北遊蘇州南京揚州無錫，訪朱自清錢鍾書故居。CS則一直住在臺中，有回我去看她，她說，她研究的其實只是地球表面薄薄的一層土，和地球的內涵科學無關，和土地之上建構的世界萬象無涉。她說這話時，我只當她在開玩笑，後來細想，我們看到的山川萬物哪一項不是孕育自那薄薄一層土壤呢？每年四季輪番上演的顏色，春天的櫻花玉蘭虞美人，夏季的荷花紫薇凌霄花，秋季的桂花銀杏楓葉，冬天的臘梅，哪怕是凋落成一片光禿禿的法國梧桐，都是出自於地表啊。

我逐漸明白，人生中有些事，是你一直追求不願放棄的；但也有些事是隨機而來，遇到前根本不曾深思過自己想不想要。前者不到最後一刻，沒法了解追求的意義；而後者往往要在相遇時因改變而造成的衝擊退去後，才發現相遇的意義。

從臺北到成都，再從成都到杭州，歲月的淘洗，旅途的閱歷，我都已不再是昔時的我。江南不是我的想像，不是詩詞裡的連天碧草，而是十年的記憶。離開杭州後，有時腦中會突然浮現白居易寫的〈憶江南〉：「江南好，風景舊曾諳。日出江花紅勝火，春來江水綠如藍。能不憶江南。」但是，也有時浮現的是林俊傑唱的〈江南〉：「風到這裡就是黏，黏住過客的思念，雨到了這裡纏成線，纏著我們流連人世間。」

江南是唐詩宋詞浸潤，是民國文人流連，是祝英台白素貞纏綿，是乾隆幾番惦念，是涼拌馬蘭頭的清香，清蒸大閘蟹的鮮甜，蝦仁爆鱔的滑潤，大煮干絲的淡爽，燉獅子頭的軟糯濃郁……這樣的江南，一語說不盡，化作酸甜滋味，於我，從年少的想望，到如今的記憶……我依然執迷於地球表面薄薄一層堆疊出的如畫風景，四時花葉，陸生水養，諸般滋味。當年，在黃鶴樓望長江，突然明白為什麼會有：「念去去千里煙波，暮靄沉沉楚天闊。」這樣的句子，那是因為地表就有這樣的風景。很幸運的能擁有這樣一段客居歲月，認識文學裡的江南，飲食裡的江南，天府之國的香辣到嫵媚酸甜的江南，有浮躁張揚，也有內斂婉約，《酸甜江南》裡收錄了這些年客居大陸的隨筆札記，校對這本散文集的時候，看到數年前自己寫下的文字：「聽到過這麼一首歌：借水還山，借地還天，借離別還相見，借月缺還月圓。真希望人世能有如斯的借與還，讓不息的思念有安放的位置。」我就是以這樣的心情寫下這本書，珍惜這一路遇到的美好。感謝蔡文甫先生，素芳姊，以及九歌參與此書製作的同仁，讓這些文字被讀到，讓字裡行間的味道得以慢慢散發，也希望有緣在字裡行間與我相遇的你，讀到些許世間的柔婉與美麗。

楊明　二〇一四年七月三日寫於香港

輯一：行過水鄉

微醺紹興

我面前的杉木桌上放著兩杯酒，一杯是紹興酒，另一杯也是紹興酒。這是魯迅式的語法，只不過他寫的是棗樹。紹興是魯迅的故鄉，但是，關於紹興，我更感興趣的是紹興酒。

午後的陽光正好，略帶慵懶地從翠綠枝葉間灑落在蒼綠的水面，烏篷船偶爾經過，橋頭一樹紅豔豔的櫻桃已不再像初見時那般引我驚詫，漸漸融入這水鄉初夏的畫卷。我們坐在水邊廊下就著糟雞、炸臭豆腐、干菜扣肉喝狀元樓五年陳花雕酒，這是我第一次在紹興喝紹興酒，很久很久以前，在埔里喝過，確實滋味不同，但那時以水質佳而聞名的埔里，也是以釀製紹興酒聞名。春節過後，在臺北和友人相聚，主席還特別請大家喝了一款蒸餾過的高度紹興酒，說是埔里酒廠生產，主席因爲童年在埔里度過，對埔里酒自然多了幾分感情，蒸餾過的紹興酒酒質透明，沒有黃酒特有的酸味。如今想想，就品牌營銷的角度來看，埔里當年不論製作黃酒或其他，都不該援引別處地名，即便紹興酒已成爲酒類專有名詞，不再是單純地名，導致如今市場上難以正名，另換他名後記憶度明顯不足。古城區倉橋直街上有幾處可以品嚐多種黃酒的小酒館，我們逛了一圈後，選了狀元樓歇歇腳，因爲狀元樓一面臨小街，一面臨水，波光瀲灩的午後，不喝酒已微醺。

午前，我們在解放北路的榮祿春吃了糯米素燒鵝，薄薄一層豆皮包裹著糯米，最裡層是豆沙餡，一口咬下，豆皮微甜的油汁滲入糯米，混合著細緻的紅豆沙，即便是不喜甜食的人，也不覺得膩口。在我看來，糯米素燒鵝的滋味並不比紹興另一種甜點奶油小攀遜色，但是這一種舶來的老紹興小吃，名氣卻要大上許多。據說二十世紀初，紹興康復醫院的一名歐洲傳教士，想念家鄉點心，於是叫紹興的老廚師根據他的形容，做出了這種點心，小攀是音譯，原文爲何我不知道，問了賣小攀的店家也說不知。到了二十一世紀，紹興人將小攀作爲商標向國家商標總局提交註冊申請並獲受理。製作小攀時先用麵粉和蛋黃烘烤成碗形的小攀底盤，然後放入餡，做好的奶油小攀最上層是潔白鬆軟入口即化的蛋白泡沫，下面是口感若布丁的內餡，盛著餡的就是那只烘烤香酥的小碗，有點像覆蓋了鬆軟白雪的蛋撻。

對紹興如沈園、蘭亭等諸多景點，我的興致不高，寧願流連古城區，景點往往去過一次，就覺得行了，不必重訪。多年前初訪紹興，倒也應景般的去逛過，這回就穿街走

魯迅故居外觀

三味書屋，紹興城裡著名私塾，魯迅少年曾在此求學。

巷，行過流淌歲月裡安靜的石板路，細看雅致的小橋流水人家，古城區裡尋常生活繼續上演著，並不是扮演給遊客看的戲，老房子改裝的服飾店流行的夏衣已經五顏六色掛了滿滿一屋，府橫街賣臭豆腐、蘿蔔絲餅的老婦人，吸引著下了課正嘴饞的孩子，我們也湊了上去，故意要等她剛出鍋的蘿蔔絲餅，不是爲了喜歡熱騰騰的食物，而是想弄清楚怎麼做的，看她先在杯子狀的勺裡放入一層麵糊，然後放入油鍋炸，麵糊將熟時，放入新鮮蘿蔔絲，再淋上薄薄一層麵糊，慢慢置入油鍋後，將餅滑出勺子，麵皮炸成金黃色，裡面的蘿蔔絲卻還是鮮嫩多汁，是一道美味的小吃，這樣的小攤，就連臭豆腐也比館子裡的好吃。

因爲魯迅描寫童年的散文〈從百草園到三味書屋〉，收錄在大陸初中教材中，所以三味書屋和百草園對大陸遊客是非常熟悉的所在，即便不曾去過，但是「不必說碧綠的菜畦，光滑的石井欄，高大的皂莢樹，紫紅的桑葚；也不必說鳴蟬在樹葉裡長吟，肥胖的黃蜂伏在菜花上，輕捷地叫天子（指雲雀）忽然從草間直竄向雲霄裡去了。單是周圍的短短的泥牆根一帶，就有無限趣味」。這段對百草園的描寫，卻總是有印象的，因此魯迅故里成了紹興重要的景點，從他的故居、祖屋，到小時候嬉戲的百草園，讀書的三味書屋，小說裡出現了不止一次的咸亨酒店，都成了遊客造訪紹興時，來此一遊的目的地，儼然形成一條觀光街區，紹興政府更打出跟著課本遊紹興的宣傳標語。我沒在百草園找到魯迅筆下的覆盆子，他形容「像小珊瑚珠攢成的小球」，假期臨近，如織遊人紛擾雜沓，實難細細尋覓，百草園裡倒是尚有未謝的幾株油菜花，緊抓著倒春寒的餘威，和突如而至的初夏高溫對抗。

傍晚，我們來到紹興菜館，和咸亨酒店、榮祿春一樣，都是紹興當地歷史悠久的百年老店，從早到晚胡吃了一日，實在不餓，但又不願錯過品嚐百年老店的機會，於是只點了兩個涼菜和一道砂鍋，涼菜是紮肉和香干馬蘭頭，馬蘭頭是時令野菜，在杭州一帶很普遍，香干與馬蘭頭切碎涼拌，馬蘭頭獨有的清香，吃來十分爽口。汪曾祺的〈家常酒菜〉中另有一道香干菠菜，也是別具風味，菠菜許多地方皆可得，不像馬蘭頭的區域性那麼明顯，將菠菜：「在開水鍋中焯至八成熟（不可蓋鍋煮爛），撈出，過涼水，加一點鹽，剁成菜泥，擠去菜汁，以手在盤中摶成寶塔狀。先碎切香干，如米粒大，泡好蝦米，切薑末，青蒜末。香干末、蝦米、薑末、青蒜末，手捏緊，分層堆在菠菜泥上，如寶塔頂。好醬油、香醋、小磨香油及少許味精在小碗中調好。菠菜上桌，將調料輕輕自塔頂淋下。吃時將寶塔推倒，諸料拌勻。」紮肉則是紹興特有，用箬葉、稻草將五花肉紮起來，加上醬油、糖、味精、黃酒等原料燒製，可以冷著吃，吃時肥肉不膩，瘦肉不柴，加上滋味濃郁的肉凍，是一道既有歷史也具巧思的料理；饞嘴神仙雞是紹興菜館的招牌菜，來了少不了要嚐嚐，砂鍋裡蔥薑蒜鋪底，再鋪一層茶樹菇，然後放入豬蹄上置新鮮土雞燜燉。神仙雞的料理訣竅與東坡肉的「慢著火，少著酒，火候足時它自美」相仿，燜燉至少要六小時，火候夠了掀鍋時，雞的形體完整絲毫未變，但用筷子輕輕一夾，骨肉立即分離。

酒足飯飽，緩緩行過石板路，烏篷船輕巧划過水面，陽光下蒼綠的流水，在燈光映照下有了幾分酡色。不過數步，便至寬敞的解放路，光亮的店招、櫥窗裡新穎的商品，午後的悠閒時光恍然如夢。

即便是夢，也是場色香味俱全、情思兼備的夢，有點懷舊，有點夢裡年少的錯覺。

匆匆行過安樂巷

我不知道他們給了我多少日子；但我的手確乎是漸漸空虛了。

——朱自清

在瓊花觀的對面，揚州市安樂巷，我找到了朱自清故居，沿著彎彎曲曲的巷弄朝裡走，秋天的陽光金燦燦的潑灑在磚牆上，一棚絲瓜青翠蓬勃迎風恣意伸展，不安分的勾爬上對牆，藤蔓搖擺向兩米寬的巷弄天空，招展的葉和垂掛的瓜，杯口大的黃色花朵鮮豔柔軟，皺摺的花瓣不同於玫瑰百合鬱金香的絲滑觸感。從小我就看著鄰居的絲瓜藤，絲瓜花總讓我覺得活力盎然，沒有花朵特有的柔弱纖薄，也許是蜜蜂也許是彩蝶，有時我也懷疑是螞蟻，不經意間雌雄觸碰，花瓣後隱藏著小小的祕密突起，頃刻長成垂掛在葉間的絲瓜，花朵依然不肯凋萎，堅持占據瓜的一端，嫩的瓜宜煮湯，老了就留著做絲瓜絡洗碗碟。

絲瓜藤下，低矮的屋簷，灰色蒼老的磚牆，還有匆匆裡挪移的陽光。初讀朱自清

〈匆匆〉時年少的我，哪裡知道歲月的倉促讓人猝不及防，是霎時也是轉眼。從十四跨入四十，童年的絲瓜藤蔓兀自纏繞牽掛，朱自清走過巷弄跨進門扉穿越廊道，足跡未散，如果生命轉眼即逝，來去之間能留下的又是些什麼？朱自清散文最讓人印象深刻的大概是〈背影〉吧，兩岸少年全都熟悉父親微胖的身影蹣跚攀過月臺買橘子；最優美清雅的應該是〈荷塘月色〉，影影綽綽的月光搖晃蕩漾近百年；但是最讓我心驚的卻是〈匆匆〉，站在朱自清住過行走坐臥過的屋裡，想起他的疑問，我們的日子為什麼一去不復返？竟讓我倉皇。

朱自清說，原來陽光也是有腳的，輕輕巧巧挪移著。從東移到西，從上個世紀移到這個世紀，假日的揚州，瘦西湖、何園、个園遊人如織，萬頭鑽動，朱自清故居卻沉寂靜謐，讓人輕易屏去時光，生出走回從前的錯覺。陽光和絲瓜傾囊付出，給了老房子溫暖，有短暫的片刻，我幾乎以為時間在這兒是停滯的，空間頃刻移轉至臺中錦村東二巷，那早已在地圖上消失的地址，小女孩伸出手觸摸黃色花瓣，鵝絨的觸感，夏日裡新摘下的絲瓜，藤蔓枝條汨汨流出的透明汁液，塗在皮膚上，可以消疔腫，還有美白的效果，透明的絲瓜水聞起來有淡淡的香甜味，塗在記憶上，可不可以為往事消傷懷？童話裡的傑克有一把神奇豌豆，藤蔓直通天際巨人的城堡，為他帶來財富，說不定也有一種神奇絲瓜，繚繞的藤蔓招引，帶回我們逝去的日子。

時間的流逝，不僅是把自己帶走了，許多那時我們曾經擁有的人事物也全都被帶走了，去年此時的我在蘇州，之前在成都，更早的時候在臺北，如今我住在杭州，此刻行走在揚州，琢磨著待會兒午餐要吃些什麼，揚州炒飯和大煮干絲是一定要的，早茶吃的千層油糕、燒賣、薺菜包子和春捲其實還沒消化，昨天晚上搶先嚐了三頭宴，拆燴魚頭、扒豬頭和獅子頭，拆燴魚頭肉嫩湯鮮，豬頭軟滑不膩，至於獅子頭，丈夫說，不如以前在南京吃的滋味好。

那回去南京是爲了參加一場研討會，當時丈夫在上海工作，於是我刻意先飛去上海看他，然後他陪我到南京，在旅館辦好入住手續時已經九點了，我們才在附近找地方吃飯，就是這樣因緣巧合去了獅子樓，結果丈夫對那裡的獅子頭念念不忘，第二天一早他因爲公司有事趕回上海，他對南京唯一的印象也就只有那獅子頭。

讓他念念不忘的究竟是南京的獅子頭，還是過往的時光？

空間的遷徙永遠比不上時間的挪移，一旦移動便永遠的消失了。來揚州的路上，經過一座隧道，坐在我後面的年輕媽媽對著八九歲大的兒子說，穿過這座時光隧道，你就回到了過去，兒子興致勃勃的問，回到什麼時候？母親說，回到五歲的時候……是否年

安樂巷灰瓦牆
大明寺棲靈塔|朱自清故居
棲靈塔眺望瘦西湖

無錫古運河

輕的母親已經感覺到孩子的成長正將他逐漸從自己的身邊拉走？在我長大以後，母親也曾望著我，問：原來那個小女兒呢？到哪去了？

我們的日子爲什麼一去不復返？

稍早時走訪吳道臺府，府內藏書閣測海樓前栽了幾株蔦蘿，那是哥哥以前在院裡種過的花，他在牆上釘著架子，讓羽毛狀的綠葉攀上水泥牆，開出深紅的星星花朵，我們養的一隻白色狐狸狗偶爾會去咬食蔦蘿葉片，那景象還清晰的在我眼前，狐狸狗卻已經離開我們二十餘年了。在測海樓前的蔦蘿上我找到花朵凋謝後芝麻般的種子，包好收進袋裡，計畫來年春天種在杭州陽臺，留不住過往歲月，重現的企圖更顯得單薄無力的可憐。

陷溺於對時間的傷逝，有時自己也感到不耐，怎麼不能像別人一樣豁達，但又暗自懷疑別人看似不在乎流過的時間再也追討不回，其實只是佯裝，當我別過頭時，他們也曾有過回到從前的願望。昨天在揚州城北郊大明寺的棲靈塔上眺望瘦西湖，片刻前我還是湖畔的如織遊人，流動的人潮朝同一個方向移動，站在棲靈塔上的我深深明白，那湖畔的片刻已然過去，再也尋不回來。

走出朱自清的安樂巷，朝北行往文昌閣，要去吃揚州炒飯和大煮干絲的我們，走不出匆匆消逝的時光流，陽光下絲瓜藤不停息的盎然生長著。聰明的，我們的日子呢？爲什麼一去不復返？

海寧

是一個氣象預報有雨的日子，我一直在等雨落下。

沿河西路行至乾河街左轉，若擔心行路方向不同，左右有異，也不要緊，那就行至乾河時朝西走，大陸人問路，指路人喜歡直接言明東西南北方位，但臺灣人總不明白，初到一處陌生城市，根本找不到北，這種指路幫助不大，但是海寧的路標上有明確的東西或南北指向，所以無須擔心。乾河的右邊就是徐志摩故居，一幢兩層樓的磚造洋房，外觀典雅，儼然歐式風格，走進後發現別有天地，建築的設計原來中西合璧，內側朝天井的雕花木窗、迴廊全都洋溢著傳統中國古風。

海寧市區的變化其實很大，許多老街老房子都不在了，而這變化主要發生在經濟改革開放之後，九〇年代，徐志摩故居被列入保護文物，據當地人說，我現在造訪的所謂故居其實是一九二六年建成的新居，原本海寧還有一座徐家的老宅子，有四百多年歷史，徐氏家族來自海鹽花巷裡，明正德年間遷居硤石，世代經商，至徐志摩的父親徐申如在鎮上經營絲行、醬園、錢莊等，並創辦硤石電燈廠。原本徐家的老宅子建於清嘉道

徐志摩故居的雕花木窗

兩層樓的磚造洋房，典雅歐式風格。|故居門上金庸題字

年間，徐志摩就是在這宅子出生，並度過童年。但是這座老宅子沒能被列爲海寧市重點文物保護單位，如今已不復存在，有人說實在是房子年久失修，難以修復，但也有人認爲，有關單位的人認爲反正都是徐志摩住過的，保留一處即可，那就選擇個容易保留的。如今這一幢故居前後有兩進，臺門上方有徐志摩表弟金庸的手書「詩人徐志摩故居」。房子配有冷熱水管、電燈、浴室，這在二〇年代可是很講究的，樓下的深黃印花地磚，還是當年從德國進口的。一九二二年徐志摩與張幼儀在德國柏林離婚，四年後和陸小曼在北京結婚，因此蓋了這座樓，一度打算在這裡過隱居著書的生活，但不久又去了上海。

徐志摩故居的對面，是硤石電影院，看起來已經歇業一段時間了，行走在法國梧桐清涼翠綠的林蔭下，不難想像乾河街曾有的熱鬧，一種不失清幽的人間繁華，如今的乾河幾乎全是服裝店，男裝女裝童裝，走的是平價路線，小店一家接一家。隨意逛著，走到了太平弄，太平弄開飾品小店的人說這裡算是老街了。之前曾聽人說海寧有種小吃叫京粉，這裡既是老街，且臨近中央市場，應能找到傳統小吃店，果然前行後見到多家京粉店，挑了人最多的一家進去，京粉其實有點像臺灣的米粉湯，不過京粉是紅薯做的，比米粉略粗，比米苔目細，大骨熬湯煮好一鍋，吃時可以在京粉中加入切碎的豬心豬肺或包元，包元就是千張包肉，在浙江常見，既可入菜，也可作爲小吃點心。我選了心肺京粉，因爲是店裡賣得最火的，滋味雖然不錯，但我更偏愛臺灣的米粉湯，配上肝連肉、粉腸、油豆腐，豐富不膩。

午後，逛了逛工人路，來到倉基河邊的西山公園，西山也稱紫微山，二山夾一水原是硤石鎮獨特的景觀，爲緊鄰的商業區妝點出綠色的清秀寧靜，遠遠便可望見西山山頂的紫微閣，我以爲就要落下的雨一直沒落，但是空濛的霧氣仍在，環繞著並不高的西山，紫微閣竟也有雲霧繚繞之感。

倉基河邊的倉基街，如今成了餐飲示範街，大陸幾乎各城市都有所謂美食一條街，在過去原該是都市發展過程中自然形成，現在多是規劃出來，倉基河邊的食店，一面臨街，一面臨河，河畔飲酒，倒也多了幾分情趣。街上最多的是桐鄉煲，煲菜是桐鄉特色料理，雞鴨牛羊魚蝦蟹皆可入砂鍋煲，這會不是用餐時間，餐廳裡只零散有幾桌客人，喝著啤酒。在海寧吃桐鄉煲，讓我想起前一陣網上的一條新聞，住在桐鄉的妻子發現丈夫在海寧有外遇，這兩處小城相距不遠，行政區域都屬於嘉興，於是奔赴海寧親手砸了丈夫買給小三的新車，警察聞訊前來攔阻，桐鄉的妻子說，我砸我家的東西，不行嗎？網友們幾乎全面倒，認爲此次事件中最受傷的不是妻子，也不是情婦，而是那輛無辜的新車。海寧桐鄉因爲近，從飲食、皮革到情感，看來都是離不開的。

吃，也許不是海寧的強項，但是私人藏書自元迄清，一直稱得上興盛，如今只剩下衍芬草堂供人懷想，粉白的牆，灰瓦屋簷下細緻的雕花，一派江南情致，硤石鎮河東路的衍芬草堂，主人蔣開基性喜聚書，至其孫蔣光焴收羅尤勤，祖孫三代共得圖書數十萬卷，清咸豐七年，太平軍兵臨江南之際，蔣光焴顧不得其他家產，只顧著將六十多箱藏書移往海鹽澉浦的西澗草堂，不久，又攜書輾轉至武昌，在江漢一帶流徙了六七年，同治三年才把這批藏書一冊無損地運回硤石。

就是這樣的文化氛圍，使得自古以觀潮勝地聞名，今日以皮革生意著稱的海寧，在錢塘潮的起落和皮衣箱包之外，發散著一股書卷氣，還有浪漫的追求與夢想的堅持。成長於醬園的徐志摩，固然以詩著稱，愛情故事更讓人津津樂道，我是天空裡的一片雲，偶爾投影在你的波心，從小熟讀的詩句，走在詩人的故鄉時想起，另有一番情味，這一日將落未落的雨，在傍晚前，終於灑下，便是那天空裡的雲落入了我的心。

鹽官古鎮訪王國維故居

沒來杭州前，我總想要去看一次錢塘潮，客居杭州後，突然失了興趣，其中原因自己也說不上來，往往復復的江潮，來了又退，退了又來，有何好看的？爲了避開觀光人潮，於是刻意挑了個無江潮可觀的日子來到海寧鹽官，著名的觀潮地。

很多人以爲觀潮就要中秋節後，農曆八月十八最富盛名，無潮的日子多著，其實每月初一、十五，及其後數日皆有江潮可觀，所以算下來一年中有一百多日可以觀潮，大小略有差異就是。在鹽官客運站下車後，背江而行，至春熙路轉西行，就到了王國維故居，位處鹽官古鎮觀潮景區對面的一個不起眼的小村落，鹽官除了是觀潮勝地，也是王國維的故鄉，不過更多人記得的是同樣出生鹽官的陳元龍，他和乾隆間的父子傳言，既有戲劇張力，還潛藏有漢人爲優的民族意識作祟，乾隆一向是影視劇喜愛的題材，陳閣老故居對面不遠處還有一座名爲花居雅舍的青樓，是當年拍攝鹿鼎記的場景，而鹿鼎記的作者金庸也是海寧人。

一座小鎮，卻出了許多名人，王國維故居乏人問津，也就不足爲奇。原住宅前後的圍牆、石庫門、臺門早已頹圮，眼下所見的建築是一九八六年按原貌修復。王國維一家原住鹽官鎮雙仁巷，光緒十二年（一八八六年），王國維十歲時，父親在此建造新宅，寄望他遠離塵囂後能專心讀書，王國維在這裡度過了青少年時代，寒窗苦讀，卻屢試不中，他決意放棄科舉，二十二歲那年，到上海《時務報》館當校對，工作之餘到羅振玉辦的東文學社研習外交與西方近代科學，因此結識了羅振玉，在羅振玉的資助下赴日本留學，返國後，羅振玉推薦他去南通江蘇師範學校執教，從此潛心教育工作及文學研究，直到一九二七年六月，自沉頤和園昆明湖，當時的他不過五十歲。

王國維的《人間詞話》，自成一格的論述，是晚清以來最有影響力的著作之一。他說：「社會上之習慣，殺許多之善人。文學上之習慣，殺許多之天才。」又說：「昔人論詩詞，有景語、情語之別。不知一切景語，皆情語也。」走在鹽官鎮上，對於這幾句話特別有感觸。據說，王國維自沉於頤和園昆明湖的那天，他像往常一樣，吃完早飯便去了研究院。到校後，他想起自己忘了帶學生的成績冊到辦公室，還讓研究院的工友去家中取。接著他遇到研究院辦公室祕書侯厚培，便與侯聊起下學期招生的安排，他還說了許多建議，臨別時，王國維向侯厚培借錢，走出校門用這錢在校門口雇了一輛人力車，要車夫將他拉往離清華園不遠的頤和園。到頤和園時，大約是上午十點左右。王國維給了車錢，並囑車夫在園門口等候，王國維來到排雲殿西面的魚藻軒，抽完最後一口菸，然後縱身跳入昆明湖。

爲何他要囑咐車夫等他？難道入園時他還無意自殺，若是如此，那麼那天的昆明湖邊發生了什麼？或者他想到了什麼？在他抽完生命中最後一支菸的當兒。

眼前這一座典型的江南庭院，門楣上刻著王國維故居，三間兩進式格局，坐北朝南，粉牆黛瓦，古樸典雅。不遠處就是潮汐滾滾的錢塘江，院子裡有一尊石雕的王國維塑像，面朝錢塘江方向。午後，天上的雲愈積愈厚，空氣明顯潮濕了，彷彿江水被風吹起，揚入天際，王國維說：「古詩云：『誰能思不歌？誰能饑不食？』詩詞者，物之不得其平而鳴者也。故歡愉之辭難工，愁苦之言易巧。」難怪文學作品中多見憂思，就連流行歌曲也是如此啊，然而，我以爲這也是作家們排遣愁緒的好方法啊！臺灣有位出版社總編輯曾對我說，作家都是精神病，只不過他們找到了自我治療的方法，就是寫作。

寫作還有這等好處？王國維身上卻無法印證，文字可能只能排遣一己之憂思，卻無法消解整個時代的痛苦愁悶，所以屈原投江，王國維投湖，文革時走上絕路的就更多了。在不深的昆明湖裡，王國維遭泥沼水草纏繞，那一刻，他的心裡可有少年時毗鄰而居，朝夕相對的錢塘江，一波又一波的潮水，推擠著記憶，拉扯著他，淹沒了他。

桂花雨飄落

剛到杭州時，就留心尋找當年基督教教會創辦的之江大學，那已成爲歷史的舊址，如今是浙江大學之江校區，遊六和塔時可順道一訪，校區內古雅的教堂和圖書館，濃厚的書卷氣，粗略符合我心目中上個世紀三〇年代的校園氣質，相較於本世紀斥資興建的新穎校舍，建築風格更具文化內涵。琦君在杭州之江大學讀書時，和同學們秋遊去的滿覺隴現已成爲新西湖十景，滿覺隴距離之江大學不遠，時間充裕的話散著步就可以去了，清朝杭州人丁立誠詩云：「賣花人試賣花聲，一路桂花香進城。」寫的就是滿覺隴。

小時候讀琦君的〈桂花雨〉，對於她筆下描寫的搖桂花，自以爲能領略，落英繽紛，在我的想像中是縮小版的櫻花墜落，那時我家院裡也種了一棵桂樹，樹和牆頭一般高，這樣的高度是沒法落下桂花雨的，枝頭一簇一簇米白的桂花，若眞要如琦君所說落滿一筐一筐，晒乾製醬，泡茶蒸糕芳香一整年，數量也明顯不足，我於是猜想琦君浙江永嘉的老家大概是有一片桂花林吧。

長大後，小巧香甜的桂花又多了些許浪漫的聯想，朋友L和男友鬧彆扭，說是男友答應的事沒做到，男友誠心道歉，表示願意接受懲罰，L的處罰是摘一碗桂花給她，供她做桂花醬，男友家裡有一棵桂花樹，是L早就覬覦的了，男友回家後直奔廚房想找個小碗，沒想到未來的婆婆弄清原委後，收走了兒子手中的小碗，給了他一個大碗，讓他採了整個下午的桂花。

L後來嫁給了爲她採桂花的男人，我想她大概也沒見過琦君所寫的桂花雨，一搖落下一大片，不需要一簇一簇伸手摘。這樣的桂花雨直到〇九年深秋我才在杭州滿覺隴見到，桂花的品種除臺灣常見的銀桂，多是花朵顏色呈淡金黃的金桂，樹高約四五公尺，花朵數量多，十幾公分的枝椏上同時開出七八簇桂花，伸手搖晃樹枝，桂花紛紛墜落，果眞如細雨一般，空氣中滿是芳香，甜得沁人，地面上立時鋪滿一層黃色的花朵，一個秋季能開上三波左右，難怪收成後夠吃上一整年，L的男友家中若有這樣一棵桂樹，要採滿一碗桂花就容易了。

桂花的品類繁多，從花朵顏色分有金桂、銀桂、丹桂，從花季分有四季桂和月月桂，從葉形分有柳葉桂、大葉桂、圓葉桂，桂花原是優雅秀緻的，所以連編故事的人也不忘在月亮上安置一棵桂樹。如今卻聽說因爲桂與貴同音，桂樹成爲臺灣政界和企業界所好，財富固然重要，但只有富是不夠的，還要貴，既富且貴才足以讓人稱羨，因爲世俗人的世俗心願，雖然種桂的人增加了，卻也讓雅緻的桂花樹難以免俗。

我原本不愛吃甜食，但因爲盛開的桂花，甜香馥郁，難以抗拒，我也嚐了一碗桂花藕粉，坦白說，吃入口中不如飄散在空氣中那般誘人，可見想像空間還是必要的，可以增加美感，尤其是花卉作爲食材，不管是玫瑰醬還是千層油糕裡的紅絲，還是不如新鮮的玫瑰花吸引人。滿覺隴的桂花，龍井的茶，西湖的藕，桐廬的板栗，還有立秋後收成的菱角，和同樣產自水塘的慈姑馬蹄，組成了杭州城的鄉野情趣，適合品嘗季節滋味，於我而言，魅力超過陽澄湖的大閘蟹。

桂花盛放正是秋高氣爽宜出遊的季節，滿覺隴是杭州出名的賞桂景點，九溪十八澗的桂花雖然沒滿覺隴多，但是依然可以領略撲鼻芬芳，賞桂外，瀑布水潭煙樹清溪山澗皆秀，一路行至龍井村，正好坐下喝茶吃飯，土雞野菜，本塘甲魚，野生黃鱔，杭州人來此消磨周末，一杯茶，一碟瓜子，天南地北聊一個下午。初來杭州時，杭州朋友就和我說，西湖邊上看到的都是外地遊客，杭州人是不去那裡的。

如今我也從曲苑風荷柳浪聞鶯邁向九溪煙樹龍井問茶滿隴桂雨，但杭州於我依然是別人的，滿覺隴賞桂的琦君，左聯逐出的郁達夫，虎跑出家的李叔同……行走杭城，前人足跡密密，最喜歡的還是蘇東坡，水光瀲灩晴方好，山色空濛雨亦奇，這是父親和我說的西湖，是母親佇足吃菱角的西湖，是記憶，且是旅人的記憶。

御街思古

那天，杭州正好籠罩在一波南下的冷空氣中，南宋御街街道邊的法國梧桐，失去了原本的青翠，黃褐色的葉片顯得薄而脆，落在地上，踩在腳下，沙沙作響，裂開的葉脈，不久前還是遮天的碧蔭。法國梧桐在大陸江南常見，杭州、上海、南京，春夏街道漫天碧綠，寒露後，秋意漸深，闊葉木上尤為清晰，西湖邊法國梧桐年年由綠轉黃，落盡枝頭後，眼前湖景霎時開闊，雖也不免蕭瑟，湖裡殘荷，湖岸禿了的法國梧桐和楊柳，原本遮遮掩掩層次分明的各種綠色，全收了起來，到來年春陽下重新曝晒。

行經保康巷，朱淑眞曾經住在此地，想起她的詞句：「濕雲不渡溪橋冷。蛾寒初破東風影。溪下水聲長，一枝和月香。人憐花似舊，花不知人瘦。獨自倚欄杆，夜深花正寒。」心思敏感卻情感寂寞的女人，終至抑鬱離世，若出生在今天，處境大不相同吧。朱淑眞故里如今沒留下她的任何遺跡，即便連南宋遷都後的臨安城主幹道御街，眼下也早已埋入塵土，層層堆疊，甫鋪製完工的石板路，八百多年來，至少在南宋街道上堆疊了兩公尺的石塊土泥，如今見到街道兩旁的建築多是上個世紀初二〇年代留下來的，那時的中山路還是石子路面。行走其間，恍惚有回到胡適與曹成英同遊杭州、梅蘭芳杭城登臺的錯覺，那時七七事變還沒發生，國共內戰還不知道最終結果，數十萬人的遷徙還沒開始，梅蘭芳還在這條街上吃了一碗麵，一切都還有另一種可能……直到一則來自臺灣的繁體短訊出現在我的簡體手機，繁簡轉換的過程中，出現在屏幕上的訊息漏掉了多個字，從起首的稱呼，到告知的內容，原本習慣連名帶姓的稱呼，突然親熱成直呼「明」一個單字，我的錯覺也在猜測簡訊內容的片刻蕩然消失。

這街上留下不變的，以經營吃食的老店最多，片兒川、爆鱔蝦仁麵的滋味一直在這街上，奎元館、狀元樓各據街的一方，當年贏得梅蘭芳稱讚的六聚館，卻早在上個世紀五〇年代就從杭州消失。其實，更早的時候，南宋建都杭州，據《夢粱錄》卷十六〈分茶酒店〉中記載，當時杭州諸色菜肴有兩百八十多種，各種烹飪技法達十五種以上，精巧華貴的酒樓林立，普通食店遍布街巷，觸目皆是，烹調風味南北皆具，一派繁榮景象。

天冷了，自然想起吃羊肉，說來奇怪，處於亞熱帶的臺灣，冬季裡眞的稱得上冷的日子不多，爲什麼還有吃羊補冬的習慣，立冬後，或藥燉或紅燒，羊肉爐熱鬧起來，是否多少透露出遷徙的歷史，隨著祖先的遷移繁衍，飲食習慣也隨之而來。在大陸，眞到了冬天，氣溫接近零度時，我偏好涮羊肉，蒙古羊肉切成薄片，講究的是要手工切，超市買來的東來順冷凍羊肉只好是機器切的，涮過沾上芝麻醬豆腐乳，還要一點切碎的芫荽，既溫暖還可滿足味蕾，羊肉芝麻腐乳芫荽，有時還加上一點韭花醬，不論從嗅覺還是味覺，個個都屬於濃厚的，和在一起卻完全不衝突，反而搭配得恰到好處，料理眞是一門不可思議的魔術。

御街也有一處吃羊肉的老店，一般杭州人稱羊湯飯店，全名是西樂園羊湯飯店，創建於清乾隆五十三年，西元一七八八年，已有兩百多年歷史，許多老杭州人喜歡來這裡吃，主要點的是傳統羊肉燒賣和羊湯，採用的是浙江本地湖州的羊，擀燒賣皮時是有講究的，圓圓的一張麵皮得周圍擀出皺摺，有如一圈荷葉邊，薄而不破，讓人想起綴了蕾絲的杯墊，吃起來像未經油炸的春捲皮，但是口感更柔軟些，狀似石榴的燒賣內餡滿是羊肉，吃起來卻不覺肥膩，喜歡吃酸者，可以蘸醋，這裡的醋擺在白瓷茶壺裡，感覺上比較淡，似乎稀釋過，荷葉邊般的燒賣皮吸收了醋，味道又是不同。羊湯有多種選擇，羊骨熬出乳白濃湯，可以任選湯中添加羊雜或羊肉片，吃不慣的人，會覺得羶氣重，因爲是清燉，但當地老客人要的就是這個味。滿漢羊腿是羊湯飯店的招牌菜，煮熟的羊腿裹上蛋糊炸，上桌時以錫箔包裹，裡面的羊腿剔好骨頭切塊，吃起來肉嫩皮脆，以前在澳洲也吃過羊腿，是當地很普遍的食物，料理時以清水燉煮，加入八角茴香花椒月桂葉等多種香料，既可熱食，冷食滋味也不錯。

行過吳山，山不高，在城內有名，是因爲山上有座城隍廟。清朝著名的紅頂商人胡雪巖，住所距離吳山不遠，約莫一公里多吧，信步前往，精緻的房舍，典雅的庭院，如今開放參觀的都已是經過重修的了，富可敵國的胡雪巖是小說戲劇的好題材，還有企管名師將其作爲教材，走在他昔時的宅邸，我倒是想男人應該先有了這樣的居住環境，才考慮發展另一段感情，感情和空間絕對脫不了關係。這裡是重遊，兩年前，來杭旅遊時已到訪過，廊下一隻九官鳥，頻頻問著架下駐足仰望牠的遊客，你會說話嗎？你會說話嗎？讓人驚詫又好笑，大約是總有人這樣問牠，久了，牠學會了，也開始問人。

想想，世上如九官鳥學舌的例子也眞還不少，再看看那隻昂首張揚興致勃勃的鳥兒，不覺莞爾。

濕地靜與鬧

自從馮小剛的《非誠勿擾》在臺上映後，電影中舒淇與葛優的愛情故事沒人談起，西溪濕地倒是聲名大噪，許多人都遊覽過西湖，但爲了親睹西溪濕地之美，倒是願意再來一次杭州，顯然杭州市政府的策略奏效，這幾年杭州市政府爲了推廣自身，可以說是多方下手，影視產業也是其中一環，看來效果不錯。

「千頃蒹葭十里洲，溪居宜月更宜秋……黃橙紅柿紫菱角，不羨人間萬戶侯」，是前人描寫西溪美景的詩句。長久以來，西溪吸引過不少文人流連，蘇東坡、米芾、唐伯虎、馮夢楨、郁達夫、徐志摩等都在此留下足跡，施耐庵還以西溪爲原創地寫作《水滸傳》，不知是眞是假，不過文獻記載施耐庵倒是在杭州做過三年官，有了前述種種淵源，難怪杭州市政府如今在濕地旁規劃了一處創意產業園區，提供優惠措施，以吸引藝術家前來，希望承襲古風，繼續發揚光大，不但大陸作家余華、麥家已進駐，臺灣漫畫家朱德庸和蔡志忠也入遷此地。

原本好遊旅、喜漂泊的郁達夫，在年近四十時自稱漸漸地減了遊興，即使有必要的事情，非得上北平、上海去的時候，也總是拖延，寧願在家吃點精緻的菜，喝點芳醇的酒，睡睡午覺，看看閒書，不願意將行動和平時有所移易。而這時盼望安定的郁達夫計劃長居之處就是杭州，當年郁達夫設想的居處，地皮不必太大，房子不必太講究，只須有「一處可以登高望遠的高樓，三間平屋就對。但是圖書室，浴室，貓狗小舍，兒童遊戲之處，灶房，卻不得不備。房子的四周，一定要有闊一點的迴廊；房子的內部，更需要亮一點的光線。」這樣的要求放在如今房價和臺北相差不多的杭州，還眞是難以達成，不久前拜訪了一位當地暢銷作家，住處可以看到西湖，已讓人稱羨，但面積也就四十餘坪，絕無貓狗小舍，兒童遊戲處就是公共設施中庭花園。

一九三六年春，郁達夫的風雨茅廬在杭州場官弄建成，水泥鋪道可直通正屋，供汽車開進院子裡，這一座寬敞的房子，二十一世紀重新修葺，成了保護文物，反倒是郁達夫沒在這裡住多久，他後來輾轉去了福建、新加坡、印尼，連自家房裡的書後來都遺落了。看來文人作家安居的心願並不容易達成，唐朝杜甫當是其中代表，〈茅屋爲秋風所破歌〉，傳唱千年，追著茅草屋頂跑的杜甫，光是想想已讓人心酸。郁達夫房子倒是蓋成了，卻因此欠債，爲了還債而謀新職，又離開了杭州，也算造化弄人。現今杭州市政府推出創意園區新策，倒可作爲觀察，看看作家們是否因此優惠得以留下久居，更重要的是持續有新作。旅遊法國時，聽人說，藝術家申請移民法國，政策上有加分，因為法國政府認為藝術家只要住在法國，日後的創作即為法國的文化資產，看來杭州市政府和法國當局可說是有志一同。

濕地具有涵養水源、淨化水質、調節氣候等生態功能，所以除了作為景點，也是城市的重要排毒臟腑。西溪濕地緊鄰杭州市區，卻又恍如世外桃源，真是宜遊宜居，且四季皆美，有名的西溪三雪，指的是春天的桃花，秋天的蘆花和冬天的梅花，各具顏色姿態，由此可略窺西溪濕地不同季節的風情，春天來訪，僅見春美，秋天依然要去，錯過了仍覺可惜。郁達夫就說，賞蘆花最好的季節是農曆十月，月光下賞尤其好。

月光下的蘆花，讓人覺得安靜，但這安靜底下，是濕地蓬勃的生機，忍不住的恣意生長著。

江南野菜多，春天是嘗鮮的好時節，周作人的文章中寫的：「那時小孩們唱道：『薺菜馬蘭頭，姊姊嫁在後門頭。』後來馬蘭頭有鄉人拿來進城售賣了，但薺菜還是一種野菜，須得自家去採。關於薺菜向來頗有風雅的傳說，不過這似乎以吳地為主。《西湖遊覽志餘》云：『三月三日……男女皆戴薺花。諺云：三春戴薺花，桃李羞繁華。』」薺菜包餛飩、餃子特別好吃，馬蘭頭則適合涼拌，切碎了和細細的豆干末一起拌，再淋上麻油，美味爽口。馬蘭頭每年春、秋兩季均能萌發嫩芽，抽生新枝條，摘其嫩莖葉作蔬菜，馬蘭頭的花爲淡紫色或淡黃色，這種植物既抗寒還耐熱，對光照要求不高，在三十二度C高溫下能正常生長，在零下十度C也能生存，當溫度升到十至十五度C時，嫩葉嫩莖就開始迅速生長。

濕地本是野菜叢生的區域，來之前便想著要點幾樣野菜嚐嚐，但各地遊客紛至沓來，經營農家菜的小餐館生意紅火得很，一個中午，能做三輪客人，馬蘭頭沒吃到，蔥油鯿魚售罄，隨便點了一鍋酸菜魚，店家強調是當地原生態黑魚，上桌後，魚鱗沒能刮乾淨，與酸菜同烹調，口味偏重，鹽與味精都放多了，卻不香，不但魚肉不如之前在下沙大學城吃的細嫩，酸菜梗韌而不脆，酸菜葉纖維太粗，酸味又不夠鮮爽。後來聽說，還是千島湖的魚好吃，西溪濕地畢竟是沼澤。

旅遊地的吃食本就讓人難以恭維，臺灣如此，杭州也難跳脫此窠臼，還是市區的餐館手藝好些。前幾天去了保俶路伊家鮮，嘗試招牌菜元寶蝦和蟹黃豆腐，蝦殼薄而酥脆，可連殼吃，蝦肉結實香甜；蟹黃滋味鮮美，沒有以鹹蛋黃混充；另點了韭菜洄魚烙餅，說是烙餅，其實是餡餅，魚肉搭配春天鮮嫩的韭菜，香而不膩，可惜韭菜的味道掩蓋了魚肉的滋味。杭州人喜吃河鮮，不過河鮮烹調卻不容易，館子裡變著花樣做，但似乎不如傳統的砂鍋魚頭豆腐好吃。

午後優游濕地，陽光下，水面薄霧氤氳，棧道伸向蘆葦叢中，細小銀魚穿梭其間，小時候在臺灣沒見過蘆葦，一直以爲河堤邊的芒草就是蘆葦，郁達夫喜月光下賞蘆花，我倒覺得夕照下的蘆葦特別美，只是有幾分寂寥，這寂寥是因爲〈孤雁〉那篇文章，留下蘆葦叢中的寂寞印象，還是因爲「夕陽無限好，只是近黃昏」的詩句，竟一時無法分辨眞切。

富春江白描

訪富春江那日，晴，氣溫十八到二十五度C，適合戶外活動，微風颯爽，陽光豔麗，正巧是黃公望畫中富春山居的初秋季節。雖是初秋，盛開的桂花花香縈繞，蜂蝶熙攘忙碌不亞於春季，入山後，蝴蝶更是多，不同色彩花樣的翅翼，翩然飛舞，猶如模特兒曼妙身姿走過伸展臺，我無聊的想著：香檳酒和燻鮭魚堆疊的時尚派對，和這襲人花香中的漫遊相較，哪樣更吸引人？前者有巧思營造的精緻情趣，也許有人會嫌矯作虛僞，但我以爲矯作也好，虛僞也好，都是生活的一部分，而後者則是大自然不經意的美，不折不扣的隨興愜意。

自然與人文各有其不同價値，原無須比較，不知何時起，似乎自然該高出一籌，這前提竟成另類附庸風雅。反過來看，富春江之美，不論有沒有黃公望的畫，其實都是存在的，但是，黃公望的《富春山居圖》卻爲它添了盛名。於是有了住一晚索價臺幣一萬元的富春山居，座落富春江畔，以其景觀聞名，據說是中國首家入選頂級設計酒店者。當年黃公望的隱居山林，是澈底放棄世俗名利，當然他其實不曾眞正擁有過名利，但不能因此說他的了悟就不是眞的。如今的富春山居利用藝術和隱居的意涵，結合SPA和高爾夫球場，立馬兼具江南水鄉韻味和現代人度假的要求，酒店的介紹詞中有這樣一段話：高爾夫球場由十八洞、七十九個沙坑、十二道水障礙組成，是中國華東地區唯一以茶園爲主題的丘陵地形國際標準高爾夫球場。茶樹與果嶺，這樣東方與西方文化標籤式的組合，意境是否相容已不再重要，商人要的是文化的附加價值，於是黃公望的隱居滿足了如今政經界得意人士欲隱不能隱的意淫心態，名利權勢當然是不能放手，但是嚮往自然閒逸的姿態還是要擺的。

黃公望四十幾歲時，得到浙西廉訪使徐琰的引薦，擔任浙西憲吏，管理田糧。後任中臺察使院椽吏，偏偏黃公望的上司張閭是個貪官，遭捕入獄，黃公望也受到連累，雖然不久便獲釋，但此次險些喪命，黃公望已經絕了當官的念頭，開始隱士生活。他先回到了故鄉常熟，隱居在虞山西麓，魚翼《海虞畫苑略》說他「嘗於月夜，棹孤舟，出西郭門，循山而行，山盡抵湖橋，以長繩繫酒瓶於船尾，返舟行至齊女墓下，牽繩取瓶，繩斷，撫掌大笑，聲振山谷。」李日華《六硯齋筆記》中記：「黃子久終日只在荒山亂石叢木深筱中坐，意態忽忽，入莫測其所爲。又居泖中通海處，看激流轟浪，風雨驟至，雖水怪悲詫，亦不顧。」郟倫逵《虞山畫志》則描寫黃公望：「每月夜、攜瓶酒，坐湖橋，獨飲清吟。酒罷，投擲水中，橋下殆滿。」從這些記載中，可以看出黃公望隱居後的生活。

後經好友王蒙的介紹，趙孟頫親自指點他的畫作，這時候黃公望已經五十歲了，這段歷程讓步入中年每感惶惑的我，又有了信心。他曾為好友倪瓚畫的六君子作了一首詩，這一幅畫畫的是坡上六棵挺拔的樹木，江水山巒天際相接，畫面因清曠而韻味獨具。黃公望詩中寫道：「遠望雲山隔秋水，近看古木擁陂陀，居然相對六君子，正直特立無偏頗。」由此可以看出他的人生態度，畫中的六君子指的是松、柏、楠、槐、樟、榆六種樹木。

隱居富春山時，黃公望已逾七十，沒想到又畫出傳世之作。可見，人生何時會遇到什麼？創造什麼？積累什麼？都是無法預先知道的。

當年黃公望隱居的廟山塢，現已改名為黃公望村，農家蓋起三層樓簇新房舍，院子裡還有著柿子樹、桂花樹、橘樹或柚子樹，幾乎家家養狗，午後時光，大大小小的狗多在午寐，只有零星兩三隻懶散的巡防，讓人疑惑狗群自有排班表，輪流值班。路邊種了茶樹，茶園面積不大，應該只夠自家喝吧，間或幾家農舍經營起飯莊茶館，假日時生意不錯。現代人喜歡所謂原生態，吃喝玩耍都講究自然，但這自然其實脫不了人為，反流於虛假。

山腳一路往上，規劃了一座黃公望森林公園，其實就是林科院的實驗林場，植被以亞熱帶植物爲主，初入時大片竹林，滿目蒼翠，山野清幽，但小徑上偶見青竹絲的蹤跡，又讓人不免擔憂。原本的設施幾乎荒廢，正在重建，山上溪澗有水處倒也清澈，但是溪床乾涸處多，溪石曝露，是今夏雨水短少嗎？

黃公望的山水畫，常描繪虞山、富春江一帶的景色，傳世的畫作有《富春山居圖》、《快雪時晴圖》、《江山勝覽圖》、《秋山幽居圖》等多幅，其中《富春山居圖》可謂代表，爲一幅紙本長卷，據記載，畫了好多年才完成，描繪的就是初秋時富春江兩岸的景色。如今遊廟山塢者，多駕車前來，在農家飽啖一頓江魚、土雞、野菜，再喝幾碗老酒後，便揚長而去，算是親近了自然，既有酒足飯飽的滿足，又有附庸風雅的樂趣，鮮有人有興致花力氣登富春山，看看黃公望筆下富春山居的原版風景，畫中的峰巒曠野，叢林村舍、漁舟小橋，如今雖有了變化，但是江南翠微窅靄的美，還是值得領略的。

做官與退隱

清代學者嚴懋功說：「自古名勝以釣臺命名繁多：陝西寶雞縣渭河南岸之周呂尙釣臺；山東濮州之莊周釣臺；江蘇淮安漢韓信釣臺；福建閩縣之東越王王餘善釣臺；湖北武昌縣江濱之吳孫權釣臺……呂尙、韓信、任昉三釣臺較爲著稱，然均不及桐廬富春山嚴子陵釣臺。」嚴子陵釣臺在中國的多處釣臺古跡中是比較有名的，乘船經過富春江七里瀧，可以望見富春山麓，江岸有一片古老建築，就是嚴子陵釣臺。

訪嚴子陵釣臺，路上不免胡思亂想：中國人一向愛做官，做官代表有權有勢，還有財，大陸有所謂的裸官，我初聞以爲指的是爲官清廉孑然一身，因爲另有裸婚一說，指的是新人結婚時無房無車。後來才知裸官是指爲免後顧之憂，先將老婆孩子資產統統送往國外，單身一人留在國內做官者。立志做官者眾，卻又崇尙清心寡欲拒絕爲官的隱居者，表面上看來有些矛盾，但也不難理解，因爲甘心放棄的人不多，所以更值得推崇吧。當年嚴子陵便是拒絕劉秀之邀，不願赴任諫議大夫，所以來到桐廬隱居垂釣。歷代慕名前來一遊者不在少數，有些還留下詩作，范仲淹寫的是：「雲山蒼蒼，江水泱泱，先生之風，山高水長。」陸游作一篇〈鵲橋仙〉：「一竿風月，一蓑煙雨，家在釣臺西住。賣魚生怕近城門，況肯到紅塵深處？」李白詩中則描繪了：「釣臺碧雲中，邈於蒼山對。」

釣臺有兩處，右邊稱爲東臺，左邊稱爲西臺，據說東臺爲嚴子陵垂釣處，西臺爲南宋謝翱祭文天祥處，釣臺旁還有天下十九泉遺址，傳說唐代陸羽曾以此泉煮茶水。單遊一處，便訪了三朝古跡。

不僅古人走訪嚴子陵釣臺，現代作家郁達夫一九三一年清明返回故鄉富陽掃墓後，寫下〈釣臺的春晝〉，文中遊訪的嚴子陵釣臺就是桐廬處，郁達夫乘坐午後由富陽出發的渡輪，到桐廬時已是黃昏，他還在碼頭邊的旅館住了一夜。不過富陽人說，富陽的鸛山也有一處嚴子陵釣臺，他們說，釣魚不會總在一處垂釣。

鸛山公園就在富陽市區，緊鄰富春江，黃昏時去，正好可以賞落日，那一日的夕陽極好，江面波光粼粼，金燦燦的一片，耀眼得很，富春江水不停地拍打江岸岩石，水邊有一平臺，據說就是嚴子陵釣魚處，拾階而上，有郁達夫文物陳列館，和紀念郁曼陀、郁達夫兄弟的雙烈園，山上的攬勝亭如今因爲樹枝繁茂已不適合遠眺，反而不及低處的平臺，視野遼闊，江面一覽無遺，夕陽逐漸由金黃轉爲橙紅，一枚鮮豔的落日跳躍在江上，水波霞光讓人不捨得這黃昏，嚴子陵究竟有沒有來這裡釣過魚？不知考據作何解，至少我是不想追究的，他既隱居於桐廬，就是來此看過夕陽，也不足爲奇啊。

站在嚴子陵垂釣處，我忽然想到半個月前，對面鄰居送來幾尾小鯽魚，說是自己釣來的，我再三道謝，但未收下，我不但不會殺魚烹魚，面對多刺的淡水魚，就連吃都缺乏不被魚刺卡到的技巧，關上門後，思索著古來眾多釣臺，釣魚者或者眞心隱於世，造訪者卻可能有沽名釣譽之嫌，原本一個人出世與否，不過是自己的選擇，實在不關別人的事，中國人偏愛稱述，可見對權力欲的渴望之巨大熱切。數日後，對門鄰居又送來花椰菜，說是農村朋友來玩時捎帶的，很新鮮，我欣然收下，腦中浮現：「開軒面場圃，把酒話桑麻。」的詩句，這樣的生活也算耕讀吧，做官與我距離太遠，造訪釣臺，感受的也是實際生活趣味，無所謂氣節清不清高，從我爸是李剛的呼喊，到上海民宅大火的究責，爲官者的評價自在人心。

面對利益不爲所惑，堅持把事做好，我倒覺得比堅持退隱，更有效益。所以，做官沒什麼不好，人民需要好官，但顯然不是人人能做到。現在送孩子去補奧數學英語的家長們，就算沒期望孩子做大官、賺大錢、成大事，一定也不希望孩子長大後當釣翁、玩隱居、耍自閉，高風亮節通常不是父母對孩子的期望，但是對得起自己的良心，應該是我們對自己最基本的要求。

徐霞客告訴我

自初九日別臺山，初十日抵黃岩。日已西，出南門三十里，宿於八嶴。

——徐霞客

趕在颱風之前北行，動車的速度不及雲時，雨便落了下來。這颱風的速度其實很慢，時速才九公里，但是颱風的外圍氣旋影響所及卻逾二百公里，動車追趕超越的不是颱風本身，而是她的外圍氣旋。多像人生，我們追著趕著的往往不是事物本身，而是其所造成的影響。車至寧德，軌道架設水上，空調車廂裡，聞不到海水的味道，鐵軌下的水是鹹是淡，你其實不能確定，卻願意相信此時車馳於海面上，腦中荒唐的浮現金凱瑞的電影畫面，暫代神職的他和顛覆一般認知的黑人上帝行走於水面，上帝交付給他的任務無比沉重，眾多的祈禱穿腦，恐怕非神不能承受，讓人崩潰。

徐霞客遊雁蕩山時，也曾有這樣的感慨，因山勢之奇險，非仙不能。

十一日，二十里，登盤山嶺。望雁山諸峰，芙蓉插天，片片撲人眉宇。

車過霞浦，颱風已被拋在後，新聞報導，將在翌日凌晨於福建沿海登陸的颱風，此時正在臺灣南部上空盤旋，並降下大雨，但此時你置身的車廂，窗外已經可見藍天，白雲悠閒躺臥，有時也因風飄飛，速度比平時快，但不失從容，像電影中快動作播放的天空用以暗示時間的流逝。

溫州於你最早的印象是遍布臺北街頭的溫州大餛飩，後來是聞名遐邇的溫州購房團，所到之處，出手利落闊綽，如今卻陷入民間借貸崩盤的窘況。直到這回去溫州，你才猛然想起雁蕩山，中學地理課本上讀到的，聽說來自北方的大雁避寒冬，南飛至此停歇，和湖南衡陽一樣，是大雁行程的終點，不過雁蕩飛往更南，此說若屬實，何以客居杭州三年，你卻未曾在天空看見雁陣，原來牠們並非沒有南下，只是另有路徑。

十二日，山谷五里，至靈岩寺。絕壁四合，摩天劈地，曲折而入，如另闢一寰界。

就在這條路上，不久前發生一場重大列車相撞的車禍，一輛行駛中的列車撞上故障停在鐵軌上的另一輛列車，重大的死傷固然讓人意外，地方政府粗糙的處置更教人驚愕。你默默打量車廂裡的人，車禍之後，一片檢討聲四起，緊接著媒體禁聲，動車減速又減班，今天你所乘坐的列車似乎比過往略顯冷清，是因爲車禍的記憶猶新嗎？寧願改搭其他交通工具？你默默估量，大家能記得多久。

十三日，出山門，循麓而右，一路崖壁參差，流霞映彩。高而展者，為板嶂岩。岩下危立而尖夾者，為小剪刀峰。

沈括的《夢溪筆談》中談到雁蕩山，說是「天下奇秀。然自古圖牒，未嘗有言者。」後來因爲建造玉清宮，「伐山取材，方有人見之，此時尚未有名。」唐僧貫休爲《諾矩羅贊》，有「雁蕩經行雲漠漠，龍湫宴坐雨濛濛」的句子，後人便借此句爲山命名，沈括說：「謝靈運爲永嘉守，凡永嘉山水遊歷殆遍，獨不言此山，蓋當時未有雁蕩之名。」至於雁蕩之境，沈括這樣描述：「予觀雁蕩諸峰，皆峭拔險怪，上聳千尺，穹崖巨谷，不類他山，皆包在諸谷中，自嶺外望之，都無所見；至谷中則森然干霄。原其理，當是爲谷中大水沖激，沙土盡去，唯巨石巋然挺立耳。」

雁蕩山是環太平洋東海邊上的一座白堊紀流紋質古火山。它記錄了中生代古火山發生、演化的歷史，也展示了一億年來地質作用所形成的深谷、峰林。雁蕩山的風光形成主要原因就是火山流紋岩漿的噴發，巨厚的流紋岩層成爲造景的主材料，斷裂和沿斷裂行走的溪澗流水是劈砍奇景的刻刀，陽光、雨水和風的變化增添了雁蕩景致。這裡發生過火山爆發、塌陷、復活、隆起的整個過程，驚心動魄的曾經，眞實的在原始地貌上留下大自然波動的痕跡。

十四日，天忽晴朗，四望白雲，迷漫一色，平鋪峰下。諸峰朵朵，僅露一頂，日光映之，如冰壺瑤界，不辨海陸。

窗外的雲猶如縮時攝影拍攝的紀錄片，播放出快速流動的影像。小時候你喜歡看華德迪士尼的《彩色世界》，雖然當時家裡的電視還是黑白的，節目中常有大自然的紀錄片，好比攝影機對著同一朵花以一定頻率進行長時間連續拍攝，形成多張照片組合成的連續畫面，播放時可以在一分鐘中看到花朵由含苞到盛放，有時他們也拍攝蝴蝶的蛻變，或者落日沉墜海面時幻化的晚霞餘輝，那時可能還沒有自動縮時攝影機，自動縮時攝影機可以設置好拍攝時間間隔，進行自動連拍，然後將拍下的照片以動態的方式播放，雖然只是一項簡單的設計，但是當這項設計尚未被應用到攝影機之前，拍攝者也就只能依靠過人的耐心來完成這些紀錄。這種將肉眼無法看到的漫長過程，在短時間內呈現出來的影像，有一種變魔術的錯覺，又或者如武則天下令百花齊放，花朵忙不迭地縮短了含苞到盛開的進程，匆匆展現原本須得醞釀多時的美麗。眼前的窗景就猶如縮時攝影後的播放屏幕，雲朵快速在天空滑動，隨著空調車廂感受不到的風，雲朵的形狀也起了變化，一隻蜷伏的貓霎時成了飛騰的馬。

中午時分，車廂開始廣播：用餐時刻已經到臨，歡迎到餐車用餐，本車已經爲乘客準備了簡餐。你突然覺得滑稽，不知道人類何時開始一日三餐的生活方式，不管你是幾時開始饑餓？但午餐通常是在中午十二點，晚餐彈性略大，從晚間六點到八點不等，想像一下，這是一件多麼浩大而一致的行爲，隨著時差，由東而西，一個城市一個城市的人，斐濟、東京、上海、孟買、米蘭、倫敦、紐約，接續放下工作開始進食。動車上除了餐車提供的簡餐，也有盒飯，搭配京都排骨之類的一葷三素簡單菜色。你對餐車所下定義其實是買不到坐票時，花一杯咖啡錢便可以換到位置的所在。

當然你也知道，被馴化了的人，讓大家都方便，中午十二點放下工作吃午餐，晚間六、七點，或回家或約上朋友或身陷應酬酒局，總而言之，無論是日光燈下的家常菜，浪漫燭光映襯的鵝肝牛排，杯觥交錯的言不及義，還是好友歡聚談天說地，總而言之，晚餐是必不可少。從按時用餐，打卡上班，到買房買車，都是人類馴化的過程，政客聯合商人，勾繪了別人眼中的幸福生活灌入你的腦中，好讓你照著過，別惹麻煩。

馴化了的人類還妄想馴化地球，好讓大家的方便繼續蔓延。

你不知道的是下一次地殼大變動時，會有什麼改變？雁蕩山疊峰翠巒峭壁澗谷，還會如徐霞客說的一樣？或將經歷又一次塌陷隆起？你連想都不敢往下想。

動車往北，時間和颱風一併被拋在後，還有你遊走現實邊緣的臆想。

附注：雁蕩山開山鑿勝，始於南北朝，興於唐，盛於宋，最著名的遊記應是徐霞客的〈雁蕩山遊記〉，文中作部分節錄，為求緊湊，略有刪除。

菊花

天冷的時候，不知道是因爲吃多了火鍋上火，還是因爲長時間使用電腦，導致眼睛疲勞，眼皮上方竟生出一小顆麥粒腫，初不以爲意，想著過幾日總會消，便沒去理會。不想，連吃了幾回蝦蟹，眼皮上那顆不管是稱之爲麥粒腫還是針眼之物，更加紅腫明顯。只好去看了醫生，醫生開了些消炎消腫的藥丸藥水藥膏，吃了點了塗了，均不見效，回診時，醫生建議割掉吧。

這時我方想起少年時，也曾長過麥粒腫，後來便是割掉了事，但割了後又復長起，是不是長在同一處，因爲年代久遠，已不復記憶。上網查了查，中醫認爲針眼若以西醫的割除方式處理，容易再生，因爲身體促成其生長的因素還在，可以蒲公英泡茶喝，使其自然消除。我在超市沒看見蒲公英可買，網上有人說，菊花茶也有效，我想，反正菊花茶可以明目降火，杭州附近的桐鄉又是生長杭白菊的主要產地，便買回一包杭白菊，每天在杯子裡放進五六朵晒乾了的菊花沖泡熱水，原本乾枯的花瓣在水中伸展開來，豔黃的花心，淺黃的花瓣，如水生植物般在我的杯子裡恣意綻放，竟也有一種含蓄之美，我原不愛菊花茶的味道，但看起來美麗，倒也喝成了習慣，加之留意起過去並不在意的中醫所說蝦蟹屬發物，長針眼時宜忌口，一個月後，眼科醫生口中過了急性發炎期不易消的麥粒腫，竟然眞的消了。

麥粒腫消失了，喝菊花茶卻成了新的飲品選擇，在原本的咖啡與茶之外，偶爾也泡一杯菊花茶，看著菊花在水中綻放，心裡也覺得安靜自在，泡菊花茶於我，可能看的目的多過於喝。至於蒲公英，大概得到專門的草藥店去買，是不是效果更好，終究還是不得而知，倒是想起年輕時出版的一本極短篇《在陽光下道別》，封面便是蒲公英，藍色的天空裡飄飛著白色的花絮，是我的好朋友親筆畫的，當時只知道蒲公英漂泊的身世，卻不知有治療針眼的功效，年輕時放在心上的總是這些不太實際的詩情畫意，入藥一事，完全不曾留意，而當年爲我畫蒲公英的朋友，音訊竟也如當年他手繪的蒲公英般難以追覓。

菊花畢竟與人更近，元稹詩中：「秋叢繞舍似陶家，遍繞籬邊日漸斜。不是花中偏愛菊，此花開盡更無花。」讀來猶有餘韻，《紅樓夢》裡，林黛玉的詩：「孤標傲世偕誰隱，一樣花開爲底遲。」又是另一番意境。都是我年少時喜歡的詩句，多年前，由上海去烏鎮的路上經過桐鄉，方知桐鄉產蠶絲與白菊，烏鎮是茅盾的故鄉，他在小說中便描述過鄉村養蠶情事，那時的我對蠶絲與白菊興趣都不大，但是人生中許多偶然經過，回頭看時，竟都像預示，原來此番已有未來之跡可尋，只是資質駑鈍，看不清罷了。桐鄉的菊花如是，朋友畫的蒲公英又何嘗不是。

我怎麼也想不到，後來因為工作之故，我竟然又來到桐鄉，那座若干年前我完全不知曉的小城，產蠶絲與白菊的昔日村落，如今也發展起工商業，皮革城與羊絨城最是有名，前者販賣皮箱皮包皮鞋皮衣，後者自然是賣毛衣，除了羊絨衣為大宗之外，還有駝絨可供選擇。一日閒來無事便去逛了逛，偌大的皮革城名為世貿中心，集中了上百家商舖，原以為商品應該是琳琅滿目，目不暇給，不想卻是商家雖多，商品卻大同小異，款式顏色如出一轍，正好這一季流行顏色鮮豔的皮包，家家架上擺著天藍草綠桃紅橙黃，沒逛多久，便覺疲累。

不禁想起閒暇居家的一盞菊花茶，淺淡的顏色，平凡的花姿，清新的氣息，是午後一點點安靜。

城市發展太快，往往長成一副模樣，新則新矣，卻缺了韻味。

不如水中舒展的菊花，悠遠恒常。桐鄉是杭白菊的原產地，種植歷史已有數百年，明末清初桐鄉學者張履祥在《補農書》中寫道：「甘菊性甘溫，久服最有益，古人春食苗、夏食英、冬食根，有以也。每地棱頭種一二株，取其花，可以減茶葉之半，茶性苦寒與甘菊同泡，有相濟之用，若種之數畝，其利視種豆自倍。吾里不種棉花，亦有以此爲業者。」可見，早在三百多年以前，桐鄉人即以種菊爲業。桐鄉白菊原是生長在野外的黃色小菊花，園藝史上稱爲原始野黃菊，這種黃菊在田野間自生自長，經過人工種插、嫁接、馴化、誘變，以及遠緣雜交等過程，發展成現在的模樣，出現在飲茶者的杯中。而原始野菊的後代如青蒿黃蒿，至今在桐鄉鄉野間仍然可見。

城市的變化，仍在持續著，居住在城市邊緣的我，則力圖留住一點耐人尋味的記憶，關於菊花，關於蒲公英，關於田野間隨心恣意生長的丰姿。

茭白生病了

古人似乎特別喜歡以植物形容美人，《詩經．碩人》中說的手如柔荑，朱熹解釋：「茅之始生曰荑，言柔而白也。」多隆阿《毛詩多識》中則又加注：「茅之始生不惟柔白，而又尖秀，俗呼茅之始生者曰茅針。」《孔雀東南飛》裡的：「指如削蔥根，口如含朱丹。纖纖作細步，精妙世無雙。」以蔥形容女人手指白膩修長，其餘隨便一拈，蓮藕比喻手臂，桃花比喻雙頰，櫻桃比喻嘴巴，例子眞是不勝枚舉。南投產一種茭白筍，因其嫩白頎長，別名美人腿，則是以美人形容植物，看來秀雅的女人和美麗的植物，是很容易互爲聯想的。

家常吃茭白筍，炒肉絲或油燜最一般，容易料理也美味；燒烤店裡以炭烤茭白，我特別喜歡，以前去新生南路的天上人間必點，茭白連葉鞘一起放在炭上燻烤，吃時自己剝去葉鞘，露出其中細嫩潔白的筍心，蘸一點胡椒鹽同食，茭白被襯托得分外甜美。

來到杭州後，鄰近的餘姚茭白是河姆渡鎮的名產，據說每年可產茭白五萬噸，二〇〇一年河姆渡鎮還被命名爲中國茭白之鄉。河姆渡的雙季茭白春栽在穀雨前後，秋栽在立秋前後，所以杭州一年之中，大約三季市場裡都不乏茭白，清甜的口感，料理起來也簡便，自然成爲餐桌上常見的菜肴。

但我卻一直不知道，古人原本不是吃茭白的莖，而是食用茭白的種子。據《禮記》記載：「食蝸醢而菰羹」，菰食就是以菰米煮飯，而菰米其實就是茭白種子，可知周朝已用茭白的種子爲糧食。《爾雅》記載：「蘧蔬似土菌生菰草中。今江東啖之甜滑。」據南宋羅願《爾雅翼》的解釋：「今又菰中生菌如小兒臂，爾雅謂之蘧蔬者」。又說：「菰首者菰蔣三年以上，心中生薹如藕，至秋如小兒臂。大者謂之茭首，本草所謂菰根者也，可蒸煮，亦可生食。其或有黑縷如黑點者，名『烏鬱』。」《爾雅》成書於秦漢間，由此可見當時除以茭白種子爲糧食外，已用茭白爲菜。

古人將茭白當作糧食作物栽種，種子叫菰米或雕胡，是稌、黍、稷、粱、麥、菰六穀之一。更讓我驚訝的是，我們吃的茭白筍其實是染病後形成的變異產物，也就是並非原本健康的茭白。人們在種植的過程中發現，有些菰因感染上黑穗菌而不開花抽穗，莖部卻不斷膨大，形成紡錘形的肉質莖，就是現在食用的茭白。人們覺得筍狀莖更加可口，索性利用寄生在植株中的黑穗菌阻止茭白開花結果，繁殖這種有病在身的畸型植株作爲蔬菜。

茭白是染病的莖，而冰酒則是結凍的葡萄釀成，冰酒的英語為Icewine，德語則是Eiswein，一般翻譯成冰酒，據說冰酒的歷史大約有兩百多年，在德國和奧地利的酒莊流傳著一個冰酒誕生的故事，酒莊主人在深秋時節出門遠遊，沒來得及返家採收枝頭成熟的葡萄，天氣就變冷了，莊園主人回家時發現經霜後的葡萄已在枝頭結凍，但釀出的酒卻風味獨特，芬芳甜美。

有東方美人之稱的白毫烏龍，則需要經過小綠葉蟬的啃嚙，才能顯出風味。白毫烏龍產於臺灣北部，包括文山、南港、新竹的峨眉鄉、北埔鄉、橫山鄉、苗栗的頭屋等地，其中產於新竹的命名為東方美人。這種茶產量少，由於農曆芒種端午節前後，茶樹嫩芽須經小綠葉蟬吸食芽梢汁液，以增加香味，所以是不噴灑農藥的。這種被蟲啃咬過的茶葉，葉身呈白、綠、黃、紅、褐五色相間，葉片褐紅，心芽銀白，色澤油潤，泡後，湯色橙紅，據說嘗得出蜂蜜的味道和蘋果香。

變異的茭白、凍傷的葡萄和蟲吃剩的葉片，反而提供了我們一道美味的食材，應該算是一種美麗的錯誤吧。讓人想起加了菌種的發酵乳，還有沒做成腐乳的臭豆腐，相傳清朝康熙年間，來自安徽的王致和赴京趕考，名落孫山不說，還無盤纏返鄉。王致和於是在京城賣豆腐，沒想到豆腐生意不好，王致和擔心賣不出去的豆腐變壞，血本無歸，於是心生一計，將豆腐切成小塊，佐以鹽和香料，置入罈中封口，以為這樣豆腐便成腐乳了。誰知過了數日，打開罈子一看，非但腐乳沒做出來，豆腐還臭得不得了，王致和不甘心損失了豆腐，就嚐了一塊，別有一番滋味，便改賣起臭豆腐，結果生意大好。

冰酒不過是葡萄摘晚了，有種遲到的幸福感，但茭白、酸乳和臭豆腐都是因為細菌的加工而成，也許有人會覺得有些駭人，還有甚者，另一種熟悉而尋常的食物，則恐怕是想起過程讓人難以下嚥，那就是蜂蜜，蜂蜜是蜜蜂從花中採得的花蜜，存入自己胃中，在體內轉化酶的作用下經過三十分鐘的發酵，回到蜂巢後吐出，蜂巢內溫度通常在攝氏三十度左右，經過一段時間，水分蒸發，就成為可以儲存的蜂蜜，雖然氣息芬芳滋味甜美，但追根究柢，其實是一種嘔吐物。

人類的飲食史上，有不少因錯誤或意外而出現的美食，如果所有的事都在可掌控範圍內如預料中進行，那我們可就損失了不少美味呢。

吃，是如此，其他事，又何嘗不是呢？

沏一壺甜香嫣紅

有那麼一個夏天，我和哥哥每天午後總要喝一大杯冰紅茶，為了貪涼，我們坐在爸爸書房磨石子地板上，一人手上攤著一本書，如今回想起來，記憶蕩漾著茶香，浸泡在嫣紅的琥珀色裡，陽臺落地窗探進的風也透著微甜。

那一年，哥哥考大學，我考高中，每天早上我們用立頓紅茶的茶包泡一壺紅茶，加上砂糖，涼透了後放入冰箱，下午就有冰鎮紅茶可以消暑。學校已經停了課，我一邊讀著地理課本，想像著以產紅茶聞名的祁門是什麼模樣，一邊啜飲著飄洋過海而來的立頓紅茶，那時候還沒有日月潭紅玉十八號，立頓茶包從哪裡得來的，已不復記憶，可能是別人送的，但是誰呢？完成了這樣一段不曾遺忘的光景。

紅茶予我的最初印象是立頓，但祁門予我的最初印象則是紅茶。

就因為這印象，我和丈夫臨時起意去了祁門。中國茶鄉多在山裡，且有江河穿過，所產之茶才能外銷，不然無法獲利，不如種其他糧食，茶可以不喝，飯卻不能不吃。長途跋涉至皖南山區，已近黃昏，找了家酒店放下背包，就迫不及待去看看這一座在教科書上認識三十多年的小城。祁門市區不大，閶江穿城而過，街上可以想見有許多茶葉店，專賣祁紅，市區還有一座茶山公園，沿山而上，茶樹自然是主要的植栽。

小城裡轉了一圈，天就黑了，我們經過閶江邊，橋上散步乘涼者多是有了年紀的人，間或有帶著孫子的，便添出許多熱鬧。江的兩岸開設了多家茶座，初入秋，白天陽光盛時，這座南方小城依舊燠熱難當，但太陽一落，便爽快了些，尤其是江邊有風，那一晚的月色又極好，就要圓了，江邊開闊，約略有著月湧大江流的意味。

江邊行過，月色賞畢，我們打算吃晚餐，連著去了幾家館子，不想家家沒有菜譜，大約聽口音知曉我們是外地人，店老闆便說，我們這裡是看菜點菜，菜每日不盡相同，連續幾家都是如此，我們只有入地隨俗。菜全擱在冰櫃，老闆一旁建議提點，選了辣椒炒萱花，那萱花一枚如拇指大小，淺紫色的花咕嘟，和熟知的野萱花不太一樣，花咕嘟頂端透出紅色，老闆說這萱花長得大了，就像臺灣的火龍果。我聽了有些詫異，即便不說，他也聽得出我們來自臺灣嗎？眞要歸功臺灣偶像劇的無遠弗屆吧。大火爆炒的萱花藏著淡淡的香味，不像生薑辛辣，有股子脆爽勁。橙黃的南瓜花薄薄掛一層麵糊炸，以前聽爸爸說家鄉炸槐花吃，總覺得有一種異樣的美麗，花也能吃，眞如《紅樓夢》裡曹雪芹形容尤二姐，花爲腸肚，這一下，晚飯吃畢，我們也是一肚子花花腸子了。另有一道辣炒臭豆腐，這臭豆腐在皖湘常見，是黑色的，和浙江紹興熟悉的白色不同，不僅外觀不同，口感也不同，黑色臭豆腐的口感粉糯一些，店家說是菌種不同，切成小三角丁的臭豆腐和青紅辣椒一起炒，是佐酒佳品，三道熱菜，再搭配一鍋排骨香菇圓子煲，一頓飯吃下來，各種香味兼具。

獨缺茶香吧，當地人倒沒想到以茶入菜。今日祁紅享有盛名，是世界三大高香名茶之一，但祁門最早盛產的其實是綠茶，從事茶業者人數眾多，唐朝司馬途《祁門縣新修閶江溪記》稱：祁門一帶「千里之內，業於茶者七八矣。……祁之茗，色黃而香」。直到清光緒以前，祁門並不生產紅茶。據說，光緒元年，黟縣人余干臣從福建罷官回鄉，心中有感閩紅利厚，想試產紅茶，於是在至德縣堯渡街設立紅茶莊，仿效閩紅製法，次年又到祁門縣的歷口、閃里設立分茶莊。與此同時，祁門人胡元龍也在祁門南鄉貴溪進行「綠改紅」，設置日順茶廠試產紅茶。從此祁紅擴大生產，成爲中國重要紅茶產區。祁紅外形條索緊細，色澤烏潤，沖泡後茶湯色澤嫣紅，茶商說帶有玫瑰花香。喜歡喝紅茶的英國倫敦人將祁紅列爲茶中英豪，他們形容：在中國的茶香裡，發現了春天的芬芳。我們既是銜著紅茶印象來到祁門，自然要在店裡買些紅茶，回旅店後依店家說明泡飲，如此完全符合立頓創始人湯瑪士．立頓喝紅茶的要求，使用當地的水泡當地的茶是最恰當的，不過我沒喝出玫瑰味，倒隱約有桂圓的甜香。

同樣產自祁門的紅茶，還可以細分爲三種，由溶口直上到侯潭轉往祁西歷口，此區域內，以貴溪、黃家嶺、石跡源等處爲最優，其茶葉底厚薄適中，味醇色潤；由閃里、箬坑特到渚口，茶葉底薄，條線好，味濃色佳；由塘坑頭、蘆溪和塔坊直至祁紅轉出倒湖等處，茶葉底厚、味濃色暗、枝粗大，較不適合製紅茶。

我想起大學畢業後，初到臺北工作，雜誌社在忠孝東路，常和朋友去主婦之店，悠閒的午後時光，享用一壺加了檸檬片的紅茶，也是黃色吊牌的立頓。明明啜飲著的是立頓，腦中縈繞的卻隱約是祁門。湯瑪士．立頓出生在蘇格蘭，十五歲時就遠渡重洋到美國闖蕩，那時紅茶在美國並不普遍，湯瑪士爲了讓紅茶能更便於購買，他直接向茶葉進口商進貨，創立立頓紅茶，與店裡的火腿、培根、奶油等日常食品一起陳列出售，立頓紅茶很快從擺放培根的貨架走向全球。長久以來，想到紅茶，腦中浮現的是英式茶具，還有三層碟子的蛋糕茶點，其實並不是中式的陶瓷茶壺，唯獨祁門的聯想根深柢固。

看來紅茶於我的印象本就是跨域而多元，重重疊疊的。有趣的是，在中國，同樣以鳳凰山和文峰塔爲名的也不只一處。下榻的酒店可以看見祁門城南鳳凰山上的文峰塔，初抵祁門的時間已晚，翌日一早，便去登鳳凰山，山雖不高，但祁城山光水色足可盡收眼底，過去人謂「高眺」，是梅城十二景之一。塔下山坳中，原有寺院，解放後拆毀。近年，又建起佛寺，緊鄰鐵道邊，鐵道由祁門城南而過，向南到江西景德鎮，向東到黃山後轉北往績溪。鐵道一邊是閶江，一邊是鳳凰山，緊鄰鐵道而建的佛寺，我是第一次走入，不但不覺紛擾吵雜，反而有種遺世獨立的恬淡平靜。

鳳凰山在宋朝時原建有魁文閣，供文人學士會文交友。山上原有多座古建築，可惜上個世紀七〇年代被拆毀。文峰塔是如今鳳凰山保存下來的唯一古建築，塔南坡有同時而建的文峰庵遺址，遺址藏在草叢之中，不仔細尋覓難以發現。

站在山上眺望閶江，江水汩汩西流，最終將注入鄱陽湖，不是所有的河流都朝東奔流至海方休啊，但所有的時光卻都是一去不復返。年少的我灌飲著立頓紅茶遙想祁門，中年的我置身祁門山水卻懷想著消失無蹤的少年時光，空間的距離可以跨越，時間的距離卻是遙不可及，爸媽仍住在同一幢老房子裡，同樣的一間書房，卻再也觸不到三十年前的午後時光，翻過的一頁，永無重返的可能，深沉的失去，直教人不可思議。

還好，還有茶香，不管時間過去多久，仍然可以沏一壺甜香嫣紅，在潤澤的茶湯裡回味，悠長但也倉促的歲月。

輯二：田田湖澤

晴遊白馬湖

一直很喜歡陽光照耀下波光粼粼的水面，注定藏著許多美麗的記憶，那耀眼和霓虹截然不同，美人魚只能從這樣水面躍出，也只能在這樣的水域化爲泡沫，霓虹當背景，美麗的女孩上演的會是另番情調。

陽光晴好的一天，終於出發往上虞，看看傳說中的白馬湖，那原是古人騎白馬入山成仙之處，上個世紀二〇年代，更有夏丏尊、豐子愷、葉聖陶、朱自清居於湖畔，留下關於白馬湖四季晨昏的描寫。

當年朱自清決定到上虞驛亭教書時，他說在北方問一百個人，就有一百個人不知道驛亭，據我觀察，如今依舊。從上虞車站坐上了往驛亭站的小巴，上車前我們說明了要去春輝中學，車出上虞市區，在一處岔路，司機喊我們下車，用手一指，示意朝路的左側走，一條寬敞的柏油路眼前展開。也許因爲假日的緣故，無車也無人經過，路的兩旁稻穗初結，在稻田和柏油路間還有狹長一畦菜田，種了些茄子慈姑豌豆，豌豆正開花，紫色的花活潑妖嬈，這和八十幾年前的境況自然是不同的，但卻還有相似的情趣，當年湖邊村落人家出入多行船，朱自清文中描述：「後來春輝中學在湖邊造了房子，這才造了兩座玲瓏的小木橋，築起一道煤屑路……路上雖常不見人，走起來卻不見寂寞。尤其在微雨的春天，一個初到的來客，他左顧右盼，是只有覺得熱鬧的。」從窄窄的煤渣人行路，到如今寬敞的柏油路，左顧右盼間的熱鬧，依然還在。

夏丏尊初到白馬湖時，湖邊一片荒野，連樹都少見，所以他形容天上的月亮和太陽都是整個的，因爲沒有樹梢遮擋。剛蓋好的春輝中學，中西融合的建築矗立在湖的那一面，湖的這一面還只住著他和劉心如，其後不久，豐子愷來此蓋了小楊柳屋，畫了許多漫畫；接著，朱自清也成了夏丏尊的鄰居，朱自清說：「湖光山色從門裡、從牆頭進來，到我們窗前、桌上。」八十年後豔豔晴光照在朱自清的小院裡，白馬湖依然清幽，院裡右邊一棵桂花開得正盛，左邊的橘樹自顧自的結實累累，渾圓蒼翠的橘皮，光是看著就讓人口腔泛起了酸。

在經亨頤校長的宿舍和豐子愷的小楊柳屋間，座落的是晚晴山房。李叔同出家後，曾多次來上虞，一九二八年冬，春輝中學校長經亨頤與夏丏尊、豐子愷等集資，爲他在白馬湖蓋了一座精舍，因爲李叔同喜歡唐李義山「人間愛晚晴」的詩句，因此取名晚晴山房。抗戰時，晚晴山房被日軍飛機炸毀，一九九四年，弘一法師研究會重建山房，裡

春暉中學前的春暉橋
夏丏尊居住的平屋|豐子愷故居

春暉中學校園

面陳列著李叔同的一些遺物，不過如今這座晚晴山房，卻是李叔同一步也不曾踏入的。

小楊柳屋續往前行，便是毗鄰的朱自清故居和夏丏尊的平屋了，對於我們這一代臺灣人而言，夏丏尊絕對是不陌生的，即便沒讀過他的《平屋雜文》，總也讀過他翻譯的《愛的教育》，他居住的平屋，依他的描寫：「靠山的小後軒，算是我的書齋，在全屋子中風最小的一間，我常把頭上的羅宋帽拉得低低地，在洋燈下工作至夜深。松濤如吼，霜月當窗，饑鼠吱吱在承塵上奔竄。我於這種時候深感到蕭瑟的詩趣，常獨自撥劃著爐灰，不肯就睡，把自己擬諸山水畫中的人物，作種種幽邈的遐想。」這是文人的快樂，自娛恐怕是創作中不可或缺的成分，連自娛都不懂的人，如何讓人願意讀他的作品。

夏丏尊形容白馬湖冬季裡最冷的幾天：「泥地看去慘白如水門汀，山色凍得發紫而黯，湖波泛深藍色。」我讀了後，覺得自己在杭州下沙的冬季時光似乎不那麼悽慘了。他分析白馬湖所以多風，有著地理上的原因，因為白馬湖三面環山，北方卻有個半里寬的空隙，有如張了袋口迎風。我住的下沙卻是新興的大學城，兩面是錢塘江，四周無屏障，冬季時，北風直搗而下，如入無人之境。

朱自清認為白馬湖一年中最好的季節是春季，一天中最好的時光是黃昏，他形容春季：「山是青得要滴下來，水是滿滿的、軟軟的。小馬路的西邊，一株間一株地種著小桃與楊柳，小桃上各綴著幾朵重瓣的紅花，像夜空的流星……」春季的繁華翠綠自然招人愛，偏愛黃昏卻是有原因的，除卻霞光照映，還多了情味，當年，朱自清和夏丏尊鄰居時，常去夏丏尊家串門，夏丏尊的平屋，院裡滿種著花，屋子裡的陳設還常常變換，好保持新鮮感，主人生性好客，朋友們便不時地上他家裡喝老酒，加上夏丏尊的太太還燒得一手好菜，朱自清說夏太太手裡的碟子「每回總是滿滿的盤碗拿出來，空空的收回去」。所以朱自清筆下：「白馬湖最好的時候是黃昏。湖上的山籠著一層青色的薄霧，在水裡映著參差的模糊的影子。」這個時候便是他們喝酒聊天的時候，天黑了，也盡興了，若有月光，回家前也許還得徘徊一會。

那個年代裡，白馬湖邊能有這樣一所特殊的學校，當然是因爲創辦人的用心。春輝中學的創辦人陳春瀾，幼年因爲家境貧困，無錢上學，跟著四叔到漢口匯豐錢莊做學徒，不想次年錢業緊縮，失業返鄉，爲維持生計，他辛苦打工。十九歲，陳春瀾決定去上海闖蕩世面，在洋行從學徒、跑街做起，他節衣縮食十七年，終於開辦了上海春記貨棧，供客戶存放貨物、兼營運輸，先後又在上海開設了十家錢莊。事業有成的陳春瀾並未忘記失學之苦，他在故里小越橫山村創辦了春輝學堂，一九一九年春，他計劃在春輝學堂基礎上續辦中學，當時他已八十三歲，請來經亨頤擔任校長，校址原擬設立在故鄉橫山，但因位置偏僻，多數校董事主張選擇白馬湖，一九二二年九月，春輝中學開學，第一批新生五十七名，當年經亨頤題的春輝中學校的牌匾至今依然掛在校門口。

中國人做事方法和外國人不同，自古以來，經商成功者返鄉興學修橋鋪路的例子很多，澳門以魚翅著名的西南飯店老闆，上個世紀九〇年代就在大陸資助創辦了多所學校。二〇一〇年秋天，比爾．蓋茲和巴菲特到北京舉辦慈善晚宴，因爲多位受邀者推辭出席，引發關於中國富豪與慈善活動間的關係的討論，其實文化不同，這原是難以簡單類比的，更何況一個人想把財富留給子孫，只要他是正當賺來，沒有違法，沒有因爲營利危害他人，別人也無從置喙。

中國人有自己的仁厚，如果不是陳春瀾，不是他慷慨實現興學宏願，就沒有現代文學史上白馬湖的一段佳話，這是中國人的情味，這承諾不是死前捐出財產的幾分之幾，不是放棄父業子承的傳統，因爲其間關係未必衝突，陳春瀾從橫山春輝學堂發展到白馬湖邊的春輝中學校，十餘年間，他爲擴校陸續撥款，終於有了規模。中國人說：爲富不仁，擁有財富，卻沒有仁心，才是社會的悲哀，一個有仁心也願意做事的富人，不需要向別人交代自己的承諾，只需要面對自己的良心。

太湖月

大約是中午時分抵達無錫，據說無錫原本產錫，後來不產了，所以地名無錫，這樣的命名緣由讓我微感詫異，原本有後來無的例子，不是有許多嗎？這卻成了無錫的名字，爲什麼要捨有而取沒有的呢？人的命名往往是父母的期望，女孩婉柔善美，男孩俊彥仁傑，少有以失去者命名，多少藏著缺憾，當然這樣的念頭也只是在初抵無錫時一閃即逝。我們在北站下車後，隨即朝南走，預定的酒店在學前街上，毗鄰錢鍾書老家，他少時與堂兄弟一起在此讀過書。

中國大陸較具規模的城市通常都不只有一座汽車客運站，有些有四座，分別位在城市的東南西北方，欲前往北方另一座城市的旅客便在北站乘車，以此類推，藉此避免大型客運車穿越市中心區。我們向南走，經過崇安寺，在王興記吃了蟹粉小籠和三鮮餛飩，王興記的蟹粉小籠比上海南翔的略大些，少了點油多了點糖，光是沾醋還不過癮，往小籠包裡灌一點醋，原本偏甜的味道清爽不少，至於鮮肉、開洋、榨菜組合的三鮮餛飩，點心正餐皆宜，價格滋味都實惠。

穿過了最熱鬧的市中心，來到學前街，秋日午後陽光依然耀眼，放下行李，我們信步在市區走著，南禪寺熱鬧紛繁，寺院周邊環繞小商店，賣吃食紀念品裝飾小物件的，繽紛擁擠，寺西是古運河碼頭，白日裡綠水粉牆優閒愜意，入夜後大紅燈籠搖晃出波光瀲灩，墨黑的水面上影影綽綽的光影，霓虹管裝飾五顏六色的拱橋和廊簷，又是另外一番面貌。

多年前在重慶，朋友帶我們過江吃飯，爲的就是看隔岸的璀璨夜景，倒映在江水中，蕩漾出加倍的繁華豔麗，這是大陸所謂的光影工程。老公偷偷在我耳邊說，這該叫做勾邊工程更爲貼切，因爲全是霓虹燈管，或鑲在仿古建築的屋簷或嵌於現代高聳建築樓面，並非如香港維多利亞港或巴黎凱旋門香榭大道，燈光襯托的是建築物的特色。

要說光影工程，上海外灘的情致眞是璀璨繁華又不失優雅，無錫古運河當然稱得上繽紛多采，但整個江南水鄉如出一轍，蘇州揚州杭州處處可見。那天是農曆八月十五，我們的計劃是去太湖邊上賞月，五點驅車前往，可以先賞落日餘輝，水邊夕照特別美麗，當然是金黃橙紅的霞光與水面跳動的波光交相輝映出的，印象裡第一次看到海邊落日是十三歲時和同學們去西子灣旅行，每個人都拍下了滿天耀眼彩霞中一枚橙紅的落日，一道又一道層迭彎曲的水痕映照出金邊，旅行結束後，海邊落日的相片不知洗了多少張，彼此贈送留念，正是最善感的年紀，一個同學在給我的相片後題上了蘇東坡的詞：「小舟從此逝，江海寄餘生。」十三歲的我們哪裡能懂所謂餘生，那時的我們卻自以爲明白。

後來不管在哪處水邊看見落日，我都會想到那一年秋天在西子灣，原來曹雪芹說的對，賈寶玉在水邊祭投井身亡的金釧時，不就說不拘哪處，世上的水原是同出一源，那源頭於我是天上的雲。落日一點一點沒入太湖邊際，朝東便可看見一輪明月，微紫色天空中銀白的月，因爲夜尚未黑盡，月光也顯得有些怯生生的。

翌日，走訪錢鍾書故居，在改革開放後險些被拆的老宅第，頗費一番周折還是沒能完整留住，但至少大致保存下來了，從故居未設置專門的售票處來看（並非免票，而是門票由旁邊的小店代售），且附近缺乏指示路標，不難發現錢鍾書在無錫人心目中的地位與魯迅在紹興人心目中的地位是頗有一番差距的。

逛了一會兒，有些餓，遂到皇亭點了一碗雞蛋雪菜麵，決定先填飽肚子，再訪東林書院，從明朝末年至今，反正等得已經夠久了，況且昔時東林黨人講學的書院已毀，如今留下的是崇禎重建，上個世紀八〇年代重修的，出租車司機說：「一座老房子，沒啥看頭。」湖上落日絢麗，湖上明月靜雅，各有不同風致。歷史的痕跡與開放後的經濟發

太湖落日

展，前者是無錫的記憶，後者是長三角的繁榮，共生並存爲一座城市的身世。

麵來了，纖細分明的麵條乖巧整齊的靜臥在淺褐色湯汁裡，上頭擱著一枚文火煎熟的溏心荷包蛋，朝上攤開的一面如西式早餐中的太陽蛋，渾圓且白黃分明，因讓我想起了昨日湖邊的落日和圓月，竟有些不忍吃了。

瘦西湖與獅子頭

走訪揚州，我原有兩個願望，一是爲遊瘦西湖，二是爲嚐道地揚州菜。所以到揚州的第一天迫不及待驅車前往瘦西湖，嚮往已久的湖景卻和我想像的大不一樣，不知道是西湖邊待久了，還是年齡漸長成見已深，我總不能覺得自己正在遊覽的是湖，美則美矣，但更像是行走江南園林，泛舟水道，而非湖面。所謂的「兩堤花柳全依水，一路樓臺直到山」。瘦西湖這座湖上園林當然比蘇州拙政園、留園之屬更具規模，但是無論如何，四橋煙雨也好，白塔晴雲也罷，總之園林的氛圍多於湖。

遊罷瘦西湖，看了唐羅城西門遺址，從北大門出，叫不到計程車，後來才知道這一區域禁行計程車，可能因爲沿線景點多，約一公里的公路兩旁分布著觀音山、大明寺、棲靈塔、唐城遺址、漢廣陵王墓博物館。於是搭乘了一班路線不明的旅遊巴士，心想先離開北郊，能到四望亭最好，可往怡園吃飯，中午匆匆以松子燒賣、三丁包子果腹，晚上該好好點幾道菜了，巴士穿越揚州市區，行經運河旁一座古宅邸，圍牆上掛牌書曰吳道臺府，引起了我的興趣，只是時間已晚，當下決定隔日一早便走訪此處。

翌日，與偏斜的陽光一塊探進測海樓，這原是江南著名的藏書樓，座落於吳道臺府中，據說是仿寧波天一閣在光緒年間建成，曾與天一閣齊名，天一閣之名出於《周易注》，意謂天一生水，測海樓則是出自「瓠瓢可以測海，管中可以窺豹」。浩瀚書海哪能遍覽？不過盡己之力，搜羅閱讀，所以爲藏書閣取名測海樓。藏書樓的主人是吳引孫，根據宣統二年編撰的《揚州吳氏測海樓藏書目錄》，計藏書八〇二〇部，二四七七五九卷，其中不乏善本、孤本，可惜書早已散失，就連吳道臺府在五〇年代也淪爲大雜院，成了旁邊醫院的職工宿舍，殘破衰敗，直到八〇年代文物保護受到重視，典雅的吳道臺府才得以修復，免除尋常人家柴米油鹽的煙熏火燎。

至於此行的另一目的——揚州菜，坦白說，這一回去，對揚州餐廳評價不算好，菜色口味不如預期，當然也可能是我原本對揚州的期望太高，唐詩宋詞裡的揚州風光無限旖旎，光是一句「煙花三月下揚州」，已滿是繁華繽紛，飲食文化自應是首屈一指，但傳承至今，整體表現不如廣州。有美食一條街之稱的望月路，川菜館遠比淮揚菜館多，眞是應了那句：「川菜滿中國」，連揚州人也棄守了嗎？想吃淮揚菜只好去富春樓、怡園一類的老店，但是遇到假日往往座無虛席，也有些餐廳設置多爲八人以上的大桌，不願接待兩人，有一晚勉強在邗江路找到一家名爲向陽樓的酒店，結果價格貴口味差服務亂糟糟，來鶴廣場的幾家餐廳服務算是好的，但是人氣不旺，到了晚上更是冷清，雖然有老字號在此開分店，還是讓人擔心經營前景。

有傲人歷史的揚州飲食文化，給我的失望多過驚喜，飲食文化是一種複雜而又全面的氛圍，不是單純吃飽肚子就行，點菜上菜的流程，菜色的口味品質，用餐環境無一不講究。以揚州著名的三頭宴為例，包含拆燴魚頭、扒豬頭和獅子頭，拆燴魚頭湯濃肉鮮，豬頭剔骨後軟滑不膩，還有獅子頭，都是展現刀工的菜，以刀工精細見長的揚州菜，每每喜以細如髮絲的豆腐羹示人，但刀法好還是要搭配恰如其分的火候烹飪，獅子頭這道淮揚菜在臺灣也常吃到，美味小館的獅子頭砂鍋曾是同事聚餐時的最愛，這回我們一連在揚州吃了三家館子的獅子頭，雖然滋味也算不錯，卻並無特出之處。

離開揚州前，考慮著是否要買點特產，店裡最吸引我的是高郵鹹鴨蛋，高郵以產鴨蛋聞名，汪曾祺身為高郵人，還曾表示以此為傲，一級鴨蛋外觀看不出特別之處，但是包裝上強調雙黃，我說若要買就選特級，一枚鴨蛋比我的拳頭略大些，也是雙黃，丈夫說，會不會飼料裡摻了什麼，人吃了排卵藥不就容易懷雙胞胎？我一聽，立時放下了雙黃鹹鴨蛋，超大且個個雙黃的確有些啓人疑竇。

瘦西湖、獅子頭雖然不能盡如我意，但是意外造訪的吳道臺府，清幽典雅，街邊隨興吃的松子燒賣，個頭大，糯米香，反倒有了意外驚喜。人生就是這樣吧，無心插柳的事多了，正好提供期待之外的另一番樂趣。

旅途中，我收藏記憶

是紫薇花開得正盛的季節，白的粉的紫的，花邊般皺摺細碎的花瓣映照著藍天，美得讓人捨不得夏天就要過完，雖然實則是燠熱難當，但是一想到開到荼蘼花事了的詩句，心裡就又有些惋惜，輕微的疼痛，不知自己錯過了什麼的憾恨。

就是在這樣的時節來到天一閣，天一閣座落於寧波市月湖西邊，是中國現存最古老的私人藏書樓，也是世界上歷史最悠久的私人藏書樓之一。始建於一五六一年，原爲明兵部右侍郎范欽的藏書處。

我其實害怕收藏，即使是藏書，可能因爲害怕失去吧。博物館裡看見瓷器，總是擔心萬一摔破了，電視上看見標榜去僞存眞的鑒定骨董節目，我克制不住提心吊膽，甚至沒法等待結果揭曉，擔心展示臺上的或筆洗或花瓶或果盤，待會被主持人一錘砸了。易碎品如此，書畫之類的又擔心水淹火焚，珠寶擔心失竊，這樣的性格，最好什麼都別收藏，不然害怕擔心，日子眞沒法過。

創立天一閣的范欽喜歡收集的是古代典籍，因他平生四處爲官，所以有機會搜羅各地書籍，後又得到鄞縣李氏萬卷樓的殘存藏書，達到了七萬多卷，其中以地方志和登科錄最爲珍稀。藏書閣取名天一，是借漢鄭玄《周易注》中天一生水之說，因爲火是藏書樓最大的隱憂，希望以水剋火，所以取名天一閣。書閣採重樓式，面闊進深，各有六間，前後長廊相連。樓前的天一池，就是爲了蓄水防火。

天一閣的陳列展覽區還包括了相當值得一看的秦氏支祠，秦氏支祠位於寧波市馬衙街西段，該祠以南北爲縱軸線，由照牆、門廳、戲臺、正殿、後殿、左右廂房等組成一個頗具規模的木結構建築群。戲臺，是整座建築中最華麗的部分，戲臺的鵝羅頂藻井，製作工藝精巧細緻，行家譽爲浙東第一。秦氏支祠依據江南傳統的營造格式，又融合了木雕、磚雕、石雕、貼金、拷作等民間工藝，具有寧波地方風格。獨具一格的朱金木雕是寧波具有悠久歷史的傳統工藝，秦氏支祠的雕飾工藝可以說是朱金木雕中的代表作。梁柱、雀替、額枋、美人靠等多採用浮雕或透雕的手法，並借助線刻造形和浮凸的塊面，以漆裝飾，覆貼金箔，予人金碧輝煌的視覺印象。秦氏支祠由近代寧波富商出資興建，保存完整，反映出了寧波商幫的文化，寧波自古即是一座商業城市，近代的寧波商幫對中國商業的發展有著巨大的影響和獨特地位。秦氏支祠的始祖秦君安即其中著名者。寧波商幫在經商成功後，往往把積蓄攜歸鄉里，用來建造祠堂、廟宇、書院、學

范欽喜愛收集典籍，天一閣有「南國書城」之譽。
取名自《周易注》天一生水之說|老外灘百年歷史建築天主堂

秦氏支祠裡的朱金木雕工藝

墊、橋梁、道路等，如今聯繫上海與寧波的杭州灣跨海大橋，全長三十六公里，建設經費一百四十億人民幣，其中有一半來自浙江民營資本的投入。

天黑後，在江東選了一家海鮮餐廳吃飯，鹽水淡菜和炒嘰咕滋味竟意外的好，淡菜又叫殼菜，和在臺灣吃到的不太一樣，形狀比較短，煮熟的顏色是淡淡的米色，由於夠新鮮，只用鹽水烹煮就很鮮美，以前曾在韓良憶的書中看到，荷蘭的西南部產淡菜，每年產季從秋季到來年春天，喜歡吃海鮮的老饕在水中加入洋芹、洋蔥、洋香菜烹煮，也可以沾醋同食。當時我看了有些詫異，疑惑水煮淡菜會好吃嗎？現在才知道，原來眞的很好吃；海鮮中我偏愛貝類，前些時在廈門吃了一道鹽焗蟶子，在鐵盤裡鋪滿鹽，然後將新鮮的蟶子整齊排放其間，一隻挨著一隻，放在火上焗，蟶子熟了殼也不會張開，吃時原汁原味，鹽焗蟶子和鹽水淡菜料理時都只用了鹽，卻各具特色；至於嘰咕，店家說其實就是小章魚，每一尾只有兩公分長，和洋蔥一起炒，肉質鮮嫩，滋味甜潤且不失清爽。

晚飯吃罷，驅車往寧波老外灘，座落於寧波三江口北岸的寧波老外灘，一八四四年開埠，地處寧波市中心，位於甬江、奉化江和餘姚江的三江口匯流之地，早在唐宋時期就是最繁華的港口之一，曾是五口通商中最早的對外開埠區，比上海外灘還早二十年。

二十世紀經歷了長年落寞，二十一世紀初又形成新的商業區，沿著江邊，外國領事館、教堂、銀行、輪船碼頭一字排開，幾乎記錄了寧波開埠的整段歷史。這些建築，許多都有一百多年歷史。漫步在這些古老的建築群間，英國領事館、巡捕房、日軍水上司令部、浙海關、天主堂、江北耶穌聖教堂、寧波郵政局、通商銀行，其間還夾雜有一些民房，如老「宏昌源號」、商人私宅「嚴氏山莊」、「朱宅」等建築，洋溢濃郁歐陸風格的建築，透露出英、法、德、荷等不同國家的建築風格，和中國傳統民居形成對比，卻又錯落有致，早年的歷史辛酸，如今只剩下多元城市風情展現資本市場的繁華，現在的老外灘酒吧聚集，不同國籍的酒客，同樣在酒精的醺染下，拋不掉想遺忘的往事，也留不住不肯放手的記憶。

收藏有形之物，無論如何小心，都還是可能有意外，更何況小心本身就是件疲累不堪的事。不如收藏無形之物，各種各樣的回憶，萬一有一天毀壞丟失了，反正是不復記憶的失憶症之屬，應該也不會覺得惋惜憾恨吧。

江山留與後人愁

父親聽說我要去金華，向我說：「李清照的〈武陵春〉就是客居金華時所作，詞有名，但那段時間，對李清照而言，可不是段好歲月啊。」

我登上李清照避難金華時也曾登過的八詠樓，登樓時她寫下：「千古風流八詠樓，江山留與後人愁。」但是在她的詞作中，更廣為人知的應該是：「只恐雙溪舴艋舟，載不動許多愁。」則是她遊雙溪時寫的，也就是父親提起的〈武陵春〉。雙溪和八詠樓都在金華城內，南宋之初，李清照遭遇家與國的雙重不幸，先是與她感情極好的丈夫趙明誠去世，後又發生靖康之變，宋朝不得不遷都臨安，就是今日的杭州，當時金華成為南宋士人匯聚的地方之一，李清照便逃難來到金華。

李清照的詞寄情於景，然而實則使她惆悵的不是金華，是個人的命運，和時代的動蕩。

當年李清照意欲泛舟的雙溪指的是義烏江和武義江，兩江合流後成了婺江，江水會合處堆積出一片三角洲叫燕尾洲。北面的武義江岸如今成了一座公園，公園內立有齊梁時期的文壇領袖沈約的雕像，這位以發現漢語四聲而聞名的沈約，曾在金華做過太守，後來李清照歌詠的八詠樓便是得名於沈約的八首詩。

義烏江、武義江和婺江合流的三江口另有一座公園，園內設置了黃賓虹藝術館，公園三面環水，藝術館以木雕、磚雕、石雕、瓦雕和壁畫作裝飾，融合徽、浙兩地傳統民居建築特色，因爲黃賓虹祖籍是安徽歙縣，他的名字賓虹就是從家鄉潭渡村的濱虹亭演變來的。父親在金華經商，所以黃賓虹出生在金華，他的母親是地道的金華人，娘家就在八詠樓附近的酒坊巷。據說他從小對書畫感興趣，父親就讓他握著筆塗抹，這一握筆就握了九十年。在西湖邊也曾參觀過黃賓虹故居，印象最深是他寫的：「何物羨人，二月杏花八月桂；有誰催我，三更燈火五更雞。」誘人的美景與迫人的焦慮都因時間而起，這就是人生，時間的流逝，不論販夫走卒還是達官貴人，都沒法留住。而同樣的風景看在不同人的眼中，也完全是兩樣情致，雙溪於李清照是離鄉喪夫的愁，於黃賓虹卻是溫馨歡快的童年，體現在李清照的字裡行間是化不開的哀傷，渲染在黃賓虹的畫紙上顯得疏淡清逸。

遊過八詠樓、婺江，在步行街逛了一遍，趣味不大，因爲鄰近義烏，如今的金華有許多琳琅繽紛的小商品販售店。我們沿八一路，轉入五一路附近的小街，先嚐了一道蘭溪小吃雞子粿，麵皮中包進蔥和肉入油鍋煎，煎至半熟時把朝上的麵皮挑破一小口，將一個雞蛋先在碗裡加入料酒和生抽打碎，再把雞蛋液倒入小口，繼續煎至雞子粿兩面金黃出鍋，雖然只是一道尋常點心，吃來確實味美。較之稍早在浙師大附近吃的永康方餅，各具特色，永康方餅有兩種餡，鹹菜加肉和干菜加肉，餅皮筋道，剛出鍋時口感微顯焦脆，涼了就有些韌，內餡鮮香富江浙特色。大多數的餅是圓形，永康方餅卻折成方形，有人說是借方岩之名，因爲方岩有胡公大帝，胡公是北宋良官，因奏請減免衢州婺州歲賦，百姓念其恩德，所以建胡公殿，連餅也做成了方的。此說是否屬實，還有待考證，不過人民期待良官良政的心，可見一斑。

胡公是北宋官員，同一個朝代，無奈國勢日弱，生於北宋的李清照，南宋時一路逃難的心情自是倉皇。遭逢喪夫之痛，變幻莫測的局勢中，她不得不帶著與先夫共同收藏的器物書畫南下，每一件都有著他們共同的記憶，她努力想要留住這些收藏，卻因爲種種原因，一路失去，所剩無幾。當趙明誠生前整理的《金石錄》後來得以出版時，李清照附錄的後序中，寫著她倉皇失措無力守護的心情。經歷與張汝舟痛苦的第二次婚姻，李清照對人生更感絕望，爲了離婚，她險些入獄，還好有趙明誠的表哥綦崇禮營救，才幸免於牢獄之災。雁過也正傷心，卻是舊時相識，滿地黃花堆積。〈聲聲慢〉是我最早讀過的李清照作品，秋天蕭瑟，也高爽啊，李清照的蒼涼心境，卻是江南的淒楚，年少初讀時，只覺得美，作者心中的悲愴竟渾然不察。

年少時的我不僅不知道李清照曾經客居金華，也不知道她那幾闋膾炙人口的詞是經歷了人生沉重哀傷後的凝練。當我還是個孩子時，金華火腿是我最初知曉與金華有關的東西，可見名氣之大，用來燉雞湯，的確可以提鮮。在金華城邊走邊逛，除了處處可見販售金華酥餅的小店，還尋到了一條專賣金華火腿的小街，金華火腿選用的是當地出產名爲兩頭烏的豬，這種豬後腿肥大、肉嫩，製成的火腿香味濃郁。煙花繁華的江南，最初的委婉清麗，如今染上了世間囂塵，在不息的江流淘洗下，每一座城市都有自己的故事，悠長豐富的史頁記載著身世興衰，但看你如何去讀。我對金華的聯想於是從沾染著飽足食物香氣的潤澤，轉化成烽火餘生的印跡，推湧著倖存者的愁思。

黃昏時分，江面起了一層薄暈。江南於我曾經是一個夢，是李白的煙花三月，是杜牧的落拓江湖，是鄭愁予等在季節裡的容顏如蓮花的開落……即便薄倖也摻著浪漫，就是嫌貧愛富，勢利中也混入些許委婉，做派文雅不粗野。客居江南後，逐漸發現江南菜甜了點，江南酒酸了點，江南茶淡了點，江南的吳儂軟語，比起志玲姊姊的娃娃音，論起溫柔甜美，其實略遜一籌。這樣的江南，和少年時遙遠的夢稍有出入，但是南宋的一

金華黃賓虹藝術館
仰望八詠樓|八詠樓仍留有舊時題碑

場政治悲劇，卻促成了人文薈萃的過往，處處可見的文化歷史，處處發人思古幽情。而這一場人文薈萃，實則肇始於王朝滅亡後不得已的偏安，於是原本的精緻講究中隱隱透出沒法忘懷的屈辱，歷史的唐突與荒謬總在時間的洪流裡反覆出現。江南的夢與想像有出入，江南的美在富庶繁華中，也不免偶見悽悽慘慘戚戚的哀傷。

星巴克與竹葉青

杭州黃龍洞位於棲霞嶺後的山麓上，一般遊客多從岳廟邊的山徑上去，路旁有翠竹，景色清幽，過劍門關，紫雲洞、白沙泉，即到黃龍洞。這一回，我反著走，從體育場路的黃龍洞往西湖，正是初春，今年天冷，至今仍有紅梅綻放，竹林簇擁的小徑，偶見盤旋的枝椏蔽天，滿綴不知名的小白花，一朵朵全是花蕊朝下，蕾絲花邊般的優雅，竟如巧手織就的華帳，美麗不俗，翠竹、紅梅原已讓人喜出望外，這偶遇的白花，又添一番嫵媚情致。

據傳慧開法師曾在此建寺修行，一天，雷落在後山，崩裂的山壁中湧出清泉，黃龍隨慧開而來，因名黃龍洞。如今的黃龍洞清朝時原是一座道觀，現今植有各種竹類植物，其中以方竹最吸引人，沿山徑而上可至臥雲洞。若有閒暇在黃龍古洞前聆聽樂曲，可以領略經古洞反射出的樂音特別宏亮，有餘音繞梁之感。步入二門，曲檻畫廊環繞清池，在深深淺淺的苔痕裡露出黃龍頭，龍嘴中清泉洩下，這座黃龍頭還有個故事，和其他故事的開場一樣，在很久很久以前，紫雲洞住著一老一小兩條黃龍，老黃龍心懷邪念，噴火焚燒杭州城，小黃龍爲了拯救眾生，帶領人們把西湖水灌進紫雲洞，淹死了老黃龍，撲滅了大火，而小黃龍也在與老黃龍的搏鬥中喪生。人們哭著安葬小黃龍，淚水流進小黃龍的心窩，又從牠的嘴裡溢了出來，於是小黃龍的墳上就有了瀑布，也就是如今黃龍頭的所在。

黃龍吐翠是新西湖十景之一，假日遊客紛至，另尋非假日前往，避開遊客方能領略清幽情趣。行至近岳王廟處，路的右側一座兩層的獨院小樓，是畫家黃賓虹的故居，一九四八年，八十三歲的黃賓虹自北平南下，執教於杭州藝專，從此定居於西湖邊棲霞嶺麓三十一號這座灰磚小樓裡，依山面水的位置，小院裡栽了綠意盎然的芭蕉和一叢叢玲瓏秀雅的翠竹，玉蘭正含苞待放，滿樹的花齊放的氣勢，也夠讓人驚豔。黃賓虹晚年仍在這間畫室裡作畫，九十高齡的他視力已經不行，他卻仍能憑感覺畫下意境高遠的山水林木。起居室裡有幅對聯「何物媚人，二月杏花八月桂；是誰催我，三更燈火五更雞」，不再年輕的我看了特別有感觸。

步出黃賓虹故居，前行不久即是西湖邊，我們在星巴克喝咖啡，歇腳之餘，還可賞湖景，西湖邊有多處星巴克，在這裡喝咖啡我總覺得特別划算，售價、滋味和其他城市俗儈馬路邊的星巴克一致，卻有著如此奢侈宜人的湖景。一邊喝著美式黑咖啡，一邊閒聊黃龍的地名由來，中國以黃龍爲名之處還眞不少，四川省松潘縣的黃龍風景區，陜西的黃龍縣，吉林省長春市農安縣古稱黃龍府，不知這些不同的黃龍彼此可有關聯，只知道都有傳說故事。以松潘黃龍爲例，傳說遠古助禹治水的黃龍功成身退，隱居於此，當地黃色鈣化堆積體上面彩池層層疊疊，登高遠望，猶如一條五彩斑斕的巨龍。

腦細胞經過咖啡因的激活，想起客居成都時，出東門沿成仁公路向東南方向行約四十公里，便到了黃龍溪，也是以黃龍爲名，溪邊有座古鎭，鎭裡牌坊、寺廟、民居、榕樹、渡口，完整的布置起川西古鎭情調，每年正月初一至十五，黃龍古鎭會耍火龍、彩龍、水龍，重現昔時年俗的熱鬧，據說古鎭至今仍保留著打更的習俗。我們到黃龍古鎭那日是午後時分，溪邊茶座有不少人喝茶，茉莉茶是最一般的，講究一點還有竹葉青和峨眉雪蕊，遛完鳥的人鳥籠子擱在一邊，先喝碗茶，嗑點葵瓜子，打牌聊天的人，更少不了茶與茶點。

溪邊茶座氣氛優閒，但這優閒和西湖邊星巴克的優閒又不一樣，西湖的優閒是假日氛圍的，四川的優閒則是人生常態，既是基本生存狀態自然無關放不放假。西湖的遊船只在湖面賞景，兜兜轉轉，黃龍溪的船卻是上行可至成都，下行可至樂山，渡口爲古鎭帶來營生，古鎭也因此得以聚集。

然。

我們在星巴克喝著咖啡，心情愜意；我們在黃龍溪邊喝著竹葉青，又是另一番悠然。

逛畢，往白沙泉路錦亭酒樓晚飯，最得我青睞的是一道涼菜燻鯧魚，清香細膩，口感潤澤，和一般紅茶燻鯧魚的堅實肉質截然不同，彷彿烹煮多時，雖然細嫩質軟，卻外形完整，一尾魚連頭帶尾切成六塊，筷子夾起完全不會破碎，魚皮略脆，魚刺倒已鬆軟；另一道芋艿也是一道精緻化了的杭州小吃，綿密鬆軟的芋艿，蒸熟後佐以醬汁、蔥花、蒜末、辣椒碎，既簡單尋常又多滋多味；其他菜色如上湯白菜、蒜苗煨牛肉，僅只及格，招牌菜菜梗豬肝因雙匯瘦肉精事件剛爆，心裡不免有個疙瘩，就沒嚐，另覓他日，忘了原來許多豬吃了瘦肉精，再嚐吧。

想我麗水的靜美歲月

麗水，一座美麗的山城。我們從溫州搭上早班火車前往，一路山清水秀，塵囂煩擾一點點卸下，老公數著，說我們約莫過了五十個山洞，每一次穿越黝黑隧道，再見日光又是一番美麗清幽，遠山雲霧繚繞，近水碧綠靜柔，小時候坐火車過山洞，總覺得山洞的那一頭，是另一個世界，猶如穿越時光隧道，世事不同，是山中無甲子，寒盡不知年的神祕幽微。

走在麗水街頭，心裡想起的卻是臺北麗水街。說來有一點歷史的荒謬，我最早對於麗水的印象，其實是信義路邊的麗水街，與金華街、永康街連成的小小網絡，如今相對照，小街的靜謐與繁華竟隱約投射出麗水山城的印象。第一次喝長島冰茶就在常春藤，周末的夜晚，和SH討論出書的事宜，她住在附近，張羅了當時尚小的孩子吃了飯，才來見面，和許多初嚐雞尾酒的人一樣，我以爲以冰茶爲名，應該是比較淡的調酒，其實勁道不小，一杯喝完已感微醺。往後數年，我們在麗水金華吃希臘菜、越南菜，喝文山包種、卡布奇諾，小小一方城市角落，午後深夜各有聲息，街區蓬勃茂盛，芒果冰在鼎泰豐之外另成燦爛風景，ＳＨ的身體卻逐漸衰竭，當ＳＨ的大兒子考大學的那一年，她再也撐不下去，因病離世。

我的麗水記憶，添了不捨愁緒。

中午，飢腸轆轆，在小城中山路看見城星餛飩店，老舊凌亂的陳設，生意倒是不錯，已經過了午餐時間，食客依然川流不息，便入內點了碗菜餡餛飩，四處吃的餛飩總以肉餡居多，蘇州的菜肉餛飩多是薺菜豬肉餡，肉餡餛飩好不好吃在於肥瘦搭配，瘦的多了口感嫌柴，肥的多了又膩口，小店的菜餡餛飩包的是莧菜，拌入切碎的豆干、粉絲，一點點蛋皮，倒是十分清爽，餛飩大如餃子，我彷彿吃到媽媽包的花素餡餃子，若能再添一點蝦皮、油條就更接近，麗水街頭的思鄉之情隨著熱湯的餛飩一起吞進肚裡。

也就是那一段時間，我和ＣＺ在新生南路開了一家ＰＵＢ，小小的店裡堆疊著年輕的愁情煩事，我總喜歡在生意冷清時晃蕩著去信義路超市買檸檬，金華街的南方安逸是我常去吃晚餐的地方，幾乎每回點清蒸魚，易師傅的菜清爽家常，餐後一杯熱咖啡，曾經給我許多溫暖，猶如店名，暫時的安逸換取紅塵裡衝鋒陷陣的勇氣。如今的金華街尋不到昔時記憶，開了關、關了開的店，起伏人生，淨是常態。

更令人錯愕的是，ＣＺ竟然也悄然離世，原本的哀樂中年，霎時蒼老起來。

午後，坐上往通濟堰的車，經過碧湖古鎮，通濟堰位於麗水市碧湖鎮堰頭村邊，建於南朝蕭梁天監四年，是浙江省最古老的水利工程，通濟堰首創拱壩形式，見到之前，我們依靠著都江堰進行想像描繪，堆石分水，結果通濟堰完全不是我們想像的那樣，通濟堰是一座江南的堰，溫柔且秀麗，氣質平和，隱身在兩岸茂竹修林間。

據說拱壩在古代堰壩中是罕見的，拱壩較直壩加長了壩體，減少了水流對堰壩單位寬度的衝擊力，從而使其具有較強的抗洪能力；其次，拱壩改變了水流方向，使溪水沿拱壩圓心方向泄流，並相互消長，減輕了對堰壩護坡、溪岸的破壞。通濟堰壩露出水面的部分僅一二尺，但底部工程則是浩大的，壩體最初爲木結構，南宋年間改爲石壩。明萬曆年間，首次彙編宋元明歷代有關通濟堰的碑記，輯成《通濟堰志》，清朝又三次重修增補，像這樣爲一個地方性的水利工程專門修志成書，在志書史上是極爲罕見的。

微雨天氣裡，我們乘船至江心，撐傘沿步道走了一圈，也許因爲天氣，也或者旅遊季還不到，遊人寥寥，反倒得以在清靜的氛圍中遊覽秀美的通濟堰。開船的師傅建議我們在天黑前逛一逛畫鄉古民居，然後找家小店吃江魚。通濟堰的名氣遠不如都江堰，但是附近美麗的風景卻吸引了不少畫家來此寫生，在中國經濟尚未蓬勃發展前，聚集在此的畫家曾依靠買家指定的外銷行畫爲生，如今，大陸藝術品市場紅火，拍賣價屢創新高，老宅裡的畫家們紛紛經營起個人工作室，在小小的民居裡陳列自己的作品，逛老民居既體驗歷史風情，也領略藝術新奇，結合古宅與創作，原本幽靜沉寂的老街逐漸在原有的濃郁生活氣息中發展出豐富的人文情懷。

回到麗水市區，意外發現繼光街、大眾街一帶聚集了夜市，不免懷著興奮轉悠起來。

繼光街，這街名猝不及防的將我拉回過往，繼光街於我的記憶早在懂事起，小時候，繼光街是臺中市最熱鬧的街道之一，集中著布店銀樓，隔不多久就和媽媽去一趟，裁剪花布做衣裳，媽媽會讓我自己畫圖樣，然後帶著我和裁縫解說，雖然我才只有七八歲，媽媽相信將來我很可能會成爲時裝設計師，我的成長證明這一項期待是不切實際的，但是同一塊花布剪裁出媽媽的洋裝，和我自己設計的小裙子，卻織就了幸福繽紛的童年。中學時，繼光街出現了三商百貨，同學生日幾乎都是上那裡挑禮物，爲了別出心裁，自然得精挑細選，年少時光沒少出沒繼光街。如今繼光街冷清了，繼光街炸雞排卻在不同的城市裡出現，但那是夜市特有的滋味，和我的童年記憶聯繫不上。

麗水的繼光街夜市，華燈初起，一派昇平景象，我和老公興致高昂的轉悠著，夜市乍看熱鬧，但一細逛，賣的小吃重複率高，燒烤最多。大陸的夜市不拘哪個城市，這似乎已是普遍現象，燒烤攤一攤接著一攤，堆放的食物如出一轍；次多的是炸臭豆腐，其餘的就是些炒粉、煎餅。老公略有失望，於是轉往當地人推薦的宇霤路，尋了一家食客最眾的小炒店，點了蒜苗炒五花渣、牛肉尖椒、椒鹽排骨和南瓜葉。牛肉難得的沒放嫩精，之前讀到舒國治寫的香港七恨，其一便是牛肉加了太多嫩精，吃起來口感全變了；南瓜葉圖的是新鮮，椒鹽排骨則是相對安全的選擇，不至於太難吃，蒜苗五花渣是其中最有特色的菜。紅糟醃過的五花肉用油炸透，然後吃時可以搭配不同配料快炒，炸過的五花渣經過熱炒，耐嚼但不韌不柴，且滋味濃郁，下飯佐酒皆宜。

從童年時臺灣的繼光街，一路逛到中年旅途中現身麗水的繼光街，同樣的街名，同樣的紀念與期許，是來自同樣歷史的淵源，漫步兩條同名的街道，不禁引來一番思索。早年臺中繼光街的銀樓布莊，後來的三商禮品，都是社會變遷的痕跡，展現產業的興衰變化。至於從夜市的炸雞排吃到燒烤，夜市小吃的品種創新與經營，則是庶民文化重要的一環，展現變化中求生存的本事。如何從過往汲取經驗，在眼下創作出最吸引人的設計，爲未來發展奠下良好基礎，才能成爲一門生意吧。今天作商業行爲解釋的「生意」一詞，在元朝宮天挺的〈范張雞黍〉中是這樣出現的：「陰陽運，萬物紛紛，生意無窮盡。」透露著生生不息，生機盎然的意頭，跟風也許能簡單贏得商機，但往往是一時的，要能永續經營，還是需要創新，搭配真材實料、好功夫，小生意也能大發。

入夜後的山城，生活有滋有味，風景有山有水，異地情致重疊著舊時記憶，陌生的旅途中恍生隔世之感，似乎曾經來過，一樣的街名，一樣的人世期盼，想我麗水的靜美歲月。

隱藏在兩岸修林間的通濟堰
通濟堰最具代表的古民居「南山映秀」|通堰古民居巷弄

細雨遊通濟堰，一片朦朧。

平湖瑣思

因爲林書豪的關係，浙江平湖這一座寧靜的小城，也受到了矚目。林書豪的外曾祖父是浙江知名辦報人陳惟儉，光緒二十三年，陳惟儉與蔡伯華、張繼勛、張馥哉在平湖創辦了嘉興地區第一份報紙《平湖白話報》，由陳惟儉任經理。一九四九年，陳惟儉攜女兒陳意子與兒子陳又軍前往臺灣，陳意子便是林書豪的外婆，去年林書豪曾經偕同母親回家鄉平湖，如今平湖人依然津津樂道，爲此感到與有榮焉，事實上，林書豪的外婆多年來爲家鄉的中學捐資助學，以其父母之名在平湖中學設立了陳惟儉沈雪如獎學金。

在浙江的諸多城市中，論繁榮，平湖並非其中數一數二者，但是一如其他江南小城，生活富庶，人文薈萃，自有一番溫婉情致。如今平湖名氣最大的老宅子，當屬平湖當湖鎮南河古城區的莫氏莊園，那是清代富商莫放梅祖孫三代居住的莊園。占地七畝，四千八百平方米，共有房屋七十餘間，四周以六米高的風火牆與外界相隔絕，是一座典型的封閉式木結構建築群。莫氏莊園的設計小巧玲瓏，布局緊湊，始建於清光緒二十三年，正好就是林書豪外曾祖父創辦《平湖白話報》的那一年，想來當時的平湖百姓生活應是溫飽無虞，且已經受到外來新思想的影響，不過《平湖白話報》因爲鼓吹革命，後來爲清朝官員勒令停辦。

午後在平湖市晃悠，第一次看到平湖這個地名，我順口說平湖秋月，老公提醒我，平湖秋月是西湖一景，但我寧願單只是字面的意涵，平湖的秋月，這座城市一下雅致了起來。從下榻的旅店步行約十分鐘，來到莫氏莊園，它是莫放梅祖孫三代住的宅子，介紹文字上依然出現刺眼的清末大地主的字樣，如今沒有農田但城市裡房產多處的新地主也不少見哪。

莫氏莊園是典型的江南封閉式磚木結構建築群，總體結構爲三組四進，左右對稱、前後錯落，因襲了座北朝南、沿街臨河、前堂後寢的古制。在東、中、西三個軸線上由南向北依次有門廳、祠堂、帳房、花廳、佛堂、廚房；轎廳、正廳、退廳、堂樓廳、書房、臥室等。

點綴其間的三座花園，分布在建築的東、前、後，園林小巧，與蘇州園林的設計大異其趣，有人謂之移天縮地，規模自然有限，而風格則以空靈見長。山石，水池，花草樹木，倒也含蓄精緻，三面窗敞亮的麻將間，透露出居住者生活閒適，就連臨窗的芭蕉也添了幾分風雅。

江南建築沿街臨河的古制
莫氏莊園六米高風火牆|莫氏莊園，封閉式磚木結構建築群。

站在莫子騮的房間，窗外是莫氏莊園整齊典雅的灰瓦，莫子騮是莫放梅的孫子、莫叔夷的兒子，抗戰時，曾與日商共同經營橫山洋行。一九四五年任平湖縣永豐鎮鎮長，四十六年永豐、啓元兩鎮併入當湖鎮後，莫子騮升任合併後的當湖鎮鎮長，他的父親和二伯父莫仲陶一樣，除主營田業外，還兼辦錢莊、米行。莫放梅從商，院裡數棵二樓高的桂花樹，樹齡近百年，幾乎和莊園一樣老，看得出莫放梅的心意，也是多數人的心意吧，生活富裕了自然期盼地位尊貴，子孫繼續經商殷實家業固然好，若能做官也算光耀門楣。對於人生有不一樣選擇的是莫子騮的大伯父莫孟韶，晚年信佛，後遁入三摩提皈依諦閑法師於寧波觀宗寺，入上海佛教會，早晚課誦，參禪念佛，至今在佛堂中還可以看到當年誦經所用的木魚。

出得莫氏莊園已近黃昏，斜陽中漫步在石板路上，路的一邊是小河，一邊是古老的民居，這一片老房子已經成爲歷史保護街區，如今在江南幾乎每個城市裡都有這樣的保護區，留住了記憶的面貌，穿梭其間確實能發人思古幽情，但是老房子裡的居民卻並非沒有抱怨，缺乏現代設施不說，老房子的修繕也相當困難。遊客自然是高興的，難得的體驗，南河古城區至今依然保留著平靜的民居生活面貌，完全沒有朝向觀光商業發展，因爲遊客不多的緣故吧，清靜得以存在。

穿出古城區就是人民路，續往東行，來到東湖公園，隨意逛了逛，開始覓晚餐去處，在東湖廣場旁尋到一家賣羊湯的小店，白切羊肉光是蘸醬油就很鮮美，羊湯一貫香濃，乳白的湯汁，看著就有食欲，另點了一道蒜苗炒羊肚，佐以一口悶貴州燒酒，想起中午在乍浦山灣漁村吃的椒鹽豆腐魚、鹽水海白蝦，湊在一塊，眞成就了鮮這個字。

老鎮故事

連日陰雨，終於告一段落，雖然尚未放晴，陰轉多雲的天氣，已經讓人鬆了一口氣，覺得舒爽不少。趁著晴好天氣驅車往塘棲古鎮，江南古鎮本就多，偶爾間讀到明末清初塘棲詩人朱麟寫的〈長橋夜月〉：「夾岸樓垂朱箔淺，中流船載管弦過。銀蟾滴滴清光好，雜還遊人醉踏歌。」便興起遊塘棲的念頭。

塘棲的老房子多是明清留下的建築，深宅大院為了安全往往高築封火牆，隱於弄內，衍生出一條一條的陪弄，據說舊時全鎮共有弄堂七十二條半。和其他江南小鎮一樣，塘棲是標準的水鄉，鎮上街面沿河而建，俗稱過街樓。為了方便經由水路而來的客商休息，臨河的一面建有一長溜美人靠，塘棲人稱為米床，現在成了古鎮別有情味的風景。鎮中心橫跨運河的廣濟橋是鎮上諸橋中最具規模者，始建於一四九八年，是京杭大運河上唯一一座七孔石拱橋。漫步鎮上，石橋有高有低將河道、街道連結成網，全鎮有三十六爿半石橋，橋上搭有橋棚，這也是塘棲的特色，來往的行人雨天不致淋雨，晴天則晒不到太陽，桐鄉有一句歇後語說：塘棲街上落雨，意謂淋不著，就是取自塘棲的廊簷街。

塘棲雖只是一座小鎮，但因爲地處富庶的江南，各項實業的發展也早，鎮上保存了數家百年老字號，創始於清朝嘉慶五年的滙昌號，兼營批發零售、擁有蠟燭、蜜餞、茶食、藕粉四個作坊，傳統產品有：青梅、白梅、糖藕、櫻脯、糖佛手、甜青果、麻酥糖、雲片糕、松子糖等多種，如今滙昌的糖色製作技藝已申報入《杭州市非物質文化遺產名錄》。行過滙昌號，我想起電視劇《大宅門》以北京百草廳興衰爲故事背景，因爲收視不錯，後來又拍了多部以不同行業爲背景的家族故事，不定哪天塘棲的百年字號也會出現劇中，江南家族產業的發展，氣氛味道又和北方不同。

心裡揣想著製糖工房的故事，彷彿嗅到了幾絲甜蜜，一邊信步走到北小河街致和堂弄內的姚致和堂，致和堂之匾由明代著名書法家董其昌書寫，兩柱抱聯：「天下第一好事還是讀書，世間百年舊家無非積德。」是清代塘棲人兵部侍郎夏同善所書，堂內另有清代浙江巡撫彭玉麟所書「眞實不虛」一匾，單看這些字，就讓人覺得不一般。塘棲姚氏祖籍浙江餘姚，據說家傳祕方紫金錠名聞天下，原本想像中製糖的一點甜味，現下又沾染了藥材的苦味。鼎昌綢布莊座落於市東街葡萄灣斜對面，這曾經是塘棲鎮上唯一的新式店舖，磚牆結構，西式門面，專營棉麻布匹、綢緞、紗羅、呢絨，途經此處，幽想著曾經出入裁布的姑娘，捧著細選的綢緞，步出店門時心裡已經勾繪出密密縫就的衣裳，穿上身時將如何風姿綽約。江南本就是絲織品重鎭，白先勇筆下《遊園驚夢》裡錢夫人裁剪旗袍用的就是杭綢，塘棲運河旁就有一座大綸絲廠，開設於清光緒二十二年，是當時浙江發展最早的三個工業企業之一，民國十二年，工廠規模已經擴增至四百八十六臺機器，所產的細廠絲利用塘棲本地盛產的土種三眠蠶，纏製出的絲織度細勻，商標仙鶴，曾經在歐美大受歡迎。

友人告訴我，文革期間，塘棲私家收藏的書畫、古籍及方志損失頗大，名人字畫抄家時堆積如山，然後便不知所終。想來眞是可惜，復又可悲可氣，秀美塘棲，故事裡的製糖工房小夥計，熬製中藥的老師傅，裁剪綾羅的溫柔少女，不論太平歲月裡家常靜好，或是戰亂中悲歡離合，故事都有的說，文革中的鬥爭抄家，卻讓人難以言說，因爲不知所以啊。

行走在塘棲老街，小店的蒸籠一掀，氤氳騰騰中躺著一顆顆粢毛肉圓，外觀有點像珍珠丸子，但珍珠丸子是肉丸子外裹上一層米粒，然後入蒸籠蒸，吃時外層是米粒，裡面是肉丸，粢毛肉圓雖然名爲肉圓，但是在米粒中拌上些許肉餡，以米爲主，然後蒸熟。我在小店裡買了一份粢毛肉圓，邊走邊吃，突然想起一中街的章魚小丸子，雖然滋味迥異，可能是因爲大小相近的緣故吧，章魚小丸子口感鬆軟，若進軍小鎭，應該有市場，粢毛肉圓扎實，幾顆下肚，作爲點心，還頗有飽足感。

據說老底子杭州人喜歡吃傳統糕點，不喜西式糕點，而塘棲便以製作糕點著稱，法根最有名，小小的店面，原本生意就好，遇上了連日陰雨後的假日，遊客如織，更是擠都擠不進去。索性轉往另一家老店老刀，客人也不少，但至少還進得去，不知他們是獨愛此味，還是和我一樣，退一步海闊天空，不用擠得惱火。

生意紅火的法根是李氏糕點的傳人，當地人說，做糕餅的李家有三兄弟，他們的爹李富貴最早在崇賢供銷社做食品糕點，一九七九年退休後，被當時塘南供銷社負責人請去辦了個食品廠，李家糕點於是父子相傳。每日凌晨兩三點鐘，父子便起床，先燒炭爐子，然後打雞蛋，十斤雞蛋，磕在缸裡，順一個方向不停攪打，一口氣打上四十分鐘，直到蛋花發滿一整缸。李家糕點不僅塘棲人喜歡，杭州人、上海人也常來買。

如今兄弟早已分家，除了鄰近廣濟橋頭的法根，塘棲水北街上，沿河一面高懸老刀糕點，沿街一面則掛著水根糕點，也是李家兄弟開的店。

至於老刀，據說現在七十歲的老塘棲人小時候是吃過的，但後來這個牌子消失了，爲什麼叫老刀，有幾種說法，一是老刀是塘棲丁山河地區的土話，原指長相凶的人，後來凡是丁山河一帶出來的人都叫老刀，那裡正好糕點有名，於是有了老刀糕點。二是老刀原是一個香菸的牌子，一九〇二年註冊的，後來不生產了，現在的老闆重新註冊轉用。第三種說法則和乾隆皇帝有關，因爲乾隆愛下江南，杭州衍生出許多種與之有關的菜品小吃點心，據說乾隆皇帝來過塘棲，吃過這裡的糕點，現在糕點包裝上印著的「塘棲出老刀，他鄉無糕點」這句話，據說就是乾隆皇帝說的。

小孩子未必愛吃傳統糕點，念念不忘的反而是些上了年紀的人，他們說吃的是糕點，品的是回憶，這是小時候的味道。塘棲糕點有四十多個品種，老刀最有名的是豆酥糖、椒桃片、餓煞餅、枇杷梗。豆酥糖是新開發的品種，別家都是麻酥糖，用芝麻做的，豆酥糖用的是黃豆。椒桃片是杭州傳統茶點，幾乎家家糕點舖都做。餓煞餅實惠，料重。枇杷梗薄脆甜。

我隨興挑選，選了油蔥餅和撒了黑芝麻的開花餅，不是該店招牌，兩樣吃起來都是甜中帶鹹，所喜的是甜味清淡，因爲不喜甜食，所以才故意選了這兩款，說是鹹味糕餅，依然加了糖，且以甜味爲主調，前者鬆軟，後者扎實，倒也別具滋味，雖然不如蘇州采芝齋的糕點製作細緻，但價格低了不少，且樸拙的造型和口味，另有一番古早情趣。

後來，有人送了我法根的肉鬆餅，確實滋味略勝一籌，難怪吃客趨之若鶩，須大排長龍了。

塘棲古鎮廣濟橋

乾隆親題御碑碼頭|鎮上街面沿河而建

秀麗的塘棲北水南街

縴道連接的柯橋鎮

江南古鎮多，全部是一派水鄉嫵媚情致，未至杭州前，柯橋古鎮是聞所未聞，後因產業宣傳，才知道了這座鄰近紹興的小城，也是一座可以尋幽訪古的去處。明張元忭《三江考》上寫道：「今山陰三十里有柯橋，其下爲柯水。」柯水流經柯橋鎮，鎮得名於橋，橋得名於水。鎮名不難理解，但柯橋的別名笛里，則是另有典故。東漢時，蔡邕避難江南，曾在柯橋高遷亭取椽爲笛，後人於是稱高遷亭爲笛亭，柯橋別名笛里。如今高遷亭是早已看不到了，這一座亭子因爲歲月和戰亂的侵襲，可說是屢建屢毀，如今該亭的遺址處有一座紀念公園，園區不大，但是爲記錄這個故事而修建的亭臺宛在水中央，流水不斷流淌，倒有時間不息歲月悠長之感。

事實上，柯橋鎮內本就河網密布，數十座造型不同的古老石橋，和新造的大橋將整座鎮連成一片。作爲商業古鎮，它主街瀕河，商舖依河分布，住宅亦傍水而建。和其他江南小鎮相似，沿河商舖多建有雨廊，可避風雨。烏蓬船曾經是紹興地區重要的交通工具，鄰近紹興的柯橋古鎮也可見滿溢懷舊情調的烏篷船，不過相較於周作人筆下：「你如坐船出去，可是不能像坐電車的那樣性急，立刻盼望走到」的烏篷船，古縴道要更加吸引人，也是其他江南小鎮鮮少看到的。古縴道別名運道塘，俗稱官塘，以紹興出產的青石板壘砌而成，或傍岸而築，或架水而出，遠遠望去，宛如一條青白練帶，鎮西一段水上縴道連接著一座又一座的石橋，眼前延伸層疊想像向江水更遠處，更添意象之美。

因此有人說柯橋古鎮，是用石堆成的，一條條石板路，一段段古縴道，傍水延展，河畔老街幽長臺門深。初到紹興聽到臺門這個字眼，不免浮想聯翩，是什麼樣的江南人家稱爲臺門，眼前彷彿已見到臺門裡美麗但寂寞的少婦，有著悔教夫婿覓封侯的惆悵。其實，在紹興凡是屋舍稍具規模便稱作臺門，有以姓氏命名的，如李家臺門、秦家臺門；有以官職命名的，如狀元臺門、探花臺門。舊時紹興習俗，凡中舉的人，便可立旗杆，所以，紹興的旗杆臺門爲數不少。也有以開過的店號命名的，如開過當舖，人們就叫它當臺門了。所以臺門並不一定是官宦人家，想像也只是想像罷了。

如今因爲紡織業的發展聚集，柯橋逐漸形成了頗具規模的輕紡城，以銷售生產各種紡織面料爲主，因此吸引了來自各方的外地人，包括西北的新疆人，甚至西亞、南亞地區的人來此創業打工。所以走在柯橋街頭，尤其是古鎮和西市場一帶，不時遇到輪廓深邃的新疆維吾爾人和巴基斯坦人，他們在柯橋經營紡織廠、繡品廠、托運公司，也有的

石板建橋，傍水延展。

柯橋鎮的柯東橋

是來此處批貨銷往新疆或西亞、南亞。這些年因爲穆斯林的聚集，柯橋不但有了清眞寺，爲方便穆斯林祈禱，還設有多處禱告點，多在賓館中。伊犁蘋果園餐廳也是穆斯林活動地點之一，是的，維族人與西亞人的遷徙，不但將宗教帶入這座江南古鎮，也爲柯橋引進了爲數不少的新疆餐廳，由維族或巴基斯坦人經營的道地新疆風味，出現在江南水鄉，在原本梅菜燒肉、醬鴨、蔥燒鯽魚等甜味洋溢的紹興菜系中，另添一種新奇風味，濃郁的洋蔥孜然，來自西域大漠的滋味，如今在水鄉竟成尋常，族群的遷徙爲地域帶來的變化隨時都在發展著，沒人能預料百年後柯橋飲食文化遇到了維族料理會出現哪些新元素。

已經過了午餐時間，伊犁蘋果園餐廳並沒有休息，還有不少用餐的客人，看起來都是維族人，或西亞人，他們使用的語言，我們完全聽不懂。在餐廳坐下，我們點了肉饢、包子和湯麵，服務生送來熱茶，是以玫瑰花薰製的紅茶，由鐫花錫製茶壺倒進碗裡，還漂浮著幾片淺粉紅玫瑰花瓣。那天正好來自新疆的大風一路吹到了紹興，在外面晃了半天，這時喝杯熱玫瑰茶，舒坦了不少。新疆肉饢是當地的小吃，一份肉饢餅約有八寸披薩的大小，和披薩不同之處在於餡料包在薄薄的麵餅皮中，以羊肉爲主的餅餡，和洋蔥一起炒過，然後將整張餅放進油鍋煎至兩面金黃，因爲煎餅時油放得多，已經接近於炸，吃起來皮脆餡香，且上下兩張餅皮貼合的餅緣做出了一圈花邊，不但吃起來增加口感的脆度，看著也漂亮，讓人聯想到草原裡金黃色的向日葵。傳統新疆饢餅是烤熟的，熱時吃還好，冷了就難免硬了些，至於肉饢，則有烤的和油煎的兩種，餡料雖一樣，但餅皮口感不同。新疆包子有些像漢人的蒸餃，不過更大些，內餡同樣是羊肉和洋蔥，洋蔥的甜味搭配著羊肉一起吃，包子裡充滿了湯汁，分外鮮甜。湯麵接近於漢人的麵片湯，不過湯汁加入了洋蔥、青紅椒等調味，充滿西域風味，佐以香脆的肉餅，十分相襯，吃飽了再喝一杯玫瑰紅茶，身心舒坦，尤其是在江南水鄉嘗多了本地菜，意外吃到維族人的手藝，讓人驚喜。

午後，我們因爲好奇，又在臨近古鎮的月亮灣餐廳吃了烤包子，餡料雖和伊犁蘋果園的包子相似，但是因爲是放進烤饢餅的烤爐中烤製的，趁著剛出爐食用，包子皮香脆，另有一番風味，較之於蒸的，更香。在臺北常吃的胡椒餅，和新疆烤包子有些神似，但是前者分量大，餅皮也較厚，內餡則風味各具，畢竟胡椒和羊肉，味道鮮明，食客自然各有所好。

明朝時王稚登曾於西興碼頭雇小船東航，日暮至柯橋，寫下了：「竹箭一流明客枕，芙蓉兩岸夾松窗」的詩句，既寫景也寫情，最引人的還是其中的生活況味，蘊含一股人爲的風流情調，雖是人爲，但並非刻意雕飾，原是尋常之態，便有了不做作的美感。

水波遺城

曾經在一座濱海小城看見這樣的水族箱，長約兩米的玻璃箱裡，熱帶魚優游水中，水草輕柔翠綠，魚群環繞著縮小版模型建築嬉戲，那模型是小城的地標，同樣的模型在以觀光客爲銷售對象的紀念品店裡隨處可見，爲了增加景觀的逼眞度，水族箱的背景是小城的城市照片，高聳的建築在熠熠水波中蕩漾，光線折射下，我不禁想起滄海桑田四個字，彷彿末世預言，陸地的一切終將沉歸海底。

同樣的四個字，身爲陸生族群，我寧願見到滄海變桑田。比如雲南的石林，行走其間，猶可在聳立隆起的石柱上看到水族化石，貝殼之屬最爲常見，如今陽光照耀下的奇異地景，昔時曾是海水覆蓋之處。

趕在三峽大壩水位上升前，我曾經去游了一趟三峽，三峽西起四川奉節白帝城，東至湖北宜昌的南津關，全長一九三公里，由瞿塘峽、巫峽和西陵峽組成。這是早在中學地理課本上就已經知道的，但是，那時的我可沒想到三峽會築起大壩，更沒想到水壩蓄水後，峽外的張飛廟、石寶寨、鬼城酆都、白鶴梁；峽內的古棧道、摩崖石刻、屈原祠、昭君故里，將部分或全部永久淹沒。

張飛廟、屈原祠都拆遷移往別處了。建築猶可拆移重建，但有些風景是沒法全盤拆移的，一移就失了情味，好比涪陵城北江心的白鶴梁，距離烏江與長江匯合處約一公里，是一道天然石梁，枯水位時才會露出。梁長約一千六百米，寬約十五米，過去當它露出時，途經的文人墨客喜歡在上面留下自己題字，一千多年下來，留下了三萬多字的文字題刻。這裡還有前人用來記錄江水水位的石魚水標，記錄了唐廣德元年至本世紀初共一千兩百年間的七十二個長江枯水位資料，古人發現每當白鶴梁露出水面的第二年都豐收。據說白鶴梁是世界上目前發現的年代最早、延續最長、數量最多的枯水水文題刻，超過了埃及尼羅河中相仿的水文石刻。因爲三峽大壩的修建，這座世界第一古代水文站如今成了水下博物館，通過陳列館內的電腦觀看水下攝影拍攝的水中題刻是主要的參觀方式，也可以經由水下環形廊道的窗口觀賞，環形廊道一次可容納三十人。不過不論選擇哪種方式，過去水位下降時，題刻才得以復見的情趣是沒有了。

而曾經出現在李白詩中的白帝城，是一組廟宇建築群，歷史可追溯至西漢末年。當三峽工程完工後，水庫冬季最高水位可達到一七五米，白帝城成爲四面環水的孤島，昔日景致已不復重現。

三峽地景的改變曾引起許多關注，關注面涵蓋文化與生態，但是更早的時候，因爲修建新安水庫而淹沒的古城，卻鮮少有人敢提出相左的意見，據說當年修建水壩時，特殊的時空背景下還有人喊出：「多帶新思想，少帶舊家具。」而從古城搬出的原居民透露：「城裡人覺得獅城距離大壩很遠，沒想到水這麼快就到了，根本來不及搬。」但也因此，相關學者認爲反而使得古城被完整保存。

一九五九年，爲了建造當時中國最大的水利工程新安江水電站，浙江省淳安縣、遂安縣兩縣合併爲淳安縣，二十九萬人移居，獅城、賀城兩座延續千年的古城，連同二十七個鄉鎮、一千多座村莊、三十萬畝田和數千間民房，一起沉入千島湖底。半個世紀後，新安江水電站退居華東後備發電站，千島湖成爲旅遊景點，加上經過文革的破四舊、經濟改革開放後的舊城改造等過程，陸上完整的古城池已難尋，萬頃碧波下的千年古城就被人想起。

淳安古城又稱賀城，始建於西元二〇八年，古錢幣狀的「商」字形門廊下成片的徽式建築，透露出新安江畔徽商商路的繁華。遂安的歷史比淳安略晚，因背依五獅山，又稱獅城，城內有明清時期的古塔、牌坊、岳廟、城隍廟、五獅書院等古建築。如今古城成了旅遊資源，旅遊局請來潛水人員到湖底探勘，發現古獅城裡，有些民房的梁柱、樓梯、磚牆聳立無損，並未腐爛，部分宅院圍牆完好無缺，房內仍是雕梁畫棟。而千島湖底除了獅城和賀城兩座古城，還有威坪、港口、茶園三個古集鎮，共同構成了水下古建築群。

早在潛水員下水考察之前，已經有一位老淳安人四處搜集與兩座古城相關的材料，人工繪製原淳安的山川、河流、街道、建築，沿著城內的街巷，密密麻麻標注著當時居住其間的戶主名字及其後代姓名。老人想留下的是故鄉的記憶，對他而言，故鄉已不可能浮出水面，再現眼前，只好將記憶畫下來。

官員們想尋找的卻是招攬遊客的商機，於是有人想到了潛水艇，可以載遊客深入湖底一覽古城神祕面貌；也有人建議讓遊客穿上潛水裝備進行水下參觀，甚至有人建議異地重建，將古城整體搬遷到陸地上。但這些方案執行起來都有困難，其中觀光潛水艇都已完工了，卻未能獲准下水，據說，潛艇在水下掀起的水流大，衝擊力極強，而被湖水浸泡逾半個世紀的古城牆及民居牆體，根本禁不起這樣的衝擊力。

於是又有了新的提案，建一座水中隧道，從去年開始，有關單位已經開始討論修建的可能。

滄海桑田不只是傳說故事，我分外害怕聽到人定勝天之類的話語，人爲改變地表單是道路建築密密分布都已嫌多，更別說建城後再覆以水波，沉入湖底後又尾隨探潛。長江裡溯河洄游的中華鱘，是地球現存魚類中最原始的種類之一，牠的同類最早出現於距今兩億三千萬年前的早三疊世；還有千島湖裡喜歡生活於靜水中上層動作遲緩，不喜跳躍，以浮游動物爲主食的鱅魚，碩大的軀體進化成適合水域生存的形態，前者逾百公斤，後者也可達四十公斤，牠們優游其間從未想過改變江湖，牠們的後代卻免不了人類養殖後端上餐桌的命運，鱘魚清蒸最美，鱅魚魚頭宜烹湯菜，味實鮮醇，但看到盤裡瞪著的魚眼，又不免心生疑慮，是不是牠們在水底早已預見了什麼？我們所不明白的地球祕密，像是末世預言裡的洪水，或是人類最初仍是水族時的萬頃記憶。

來自水域的人類，失去初始記憶，占領了陸地後，猶不肯歇手，滄海桑田，哪裡是滄海？哪裡又是桑田？水波裡的遺城，竟讓我升起幽魅之慮。

暮春談吃

一回，孔子與眾弟子聊天，曾皙說出了自己嚮往：「暮春者，春服既成，冠者五六人，童子六七人，浴乎沂，風乎舞雩，詠而歸。」這樣的生活方式，算是優渥舒適，但我以爲暮春時節，滿足口腹之欲，嘗嘗鮮更重要。

說到春天嘗鮮，首推春筍，油燜春筍是杭州的傳統菜，選用清明前後出土的嫩筍，以重油、重糖烹製，油燜後色澤紅亮，鮮嫩的筍塊鹹中帶甜。浙江盛產竹筍，特別是浙西山區一帶，大片翠綠竹海，不過景色美則美矣，竹筍的滋味在我吃來不如臺灣所產，雖然浙江有「四時不乏筍味」之稱，但唯有春夏之交產的春筍，比較可口。

龍井蝦仁也是適合暮春時節吃的一道菜，據說這道菜的靈感來自蘇東坡寫的〈望江南〉：「休對故人思故國，且將新火試新茶，詩酒趁年華。」舊時，寒食節風俗不用火，節後所燃之火稱爲新火，而此時龍井所摘茶葉正是價格高昂的明前茶，所謂的明前茶就是趕在清明節前採摘的茶葉，特別鮮嫩，屬龍井茶中的佳品，再以寒食節後的新火炒製。龍井茶以「色綠、香郁、味甘、形美」著稱，清朝時列爲貢品。搭配江南淡水河蝦，菜色有如白玉翡翠，聞之清香，食之鮮美，是著名的杭州菜。二十年前，我第一次遊杭州，當時的河蝦新鮮沒話說，活蝦現剝殼下鍋，但是如今在餐館裡吃的多爲冷凍蝦仁，且是養殖，滋味難免略遜一籌。

春夏之交，荷葉粉蒸肉佐酒下飯皆宜，我以前不愛喝紹興酒，覺得一股酸味，難以入口，到杭州後，發現帶甜味的杭州菜，還眞是最適合紹興酒，春寒料峭，喝著微溫的女兒紅，一邊觀賞蘇堤盛開的桃花，在我看來，比曾晳說的：「浴乎沂，風乎舞雩，詠而歸」更有吸引力。

荷葉粉蒸肉選用的是帶皮的豬肋條肉，切成長方塊，每片中間切一刀口，容易入味，然後以甜麵醬、醬油、白糖、紹興酒、蔥絲、薑絲拌醃，裹上一層米粉，刀口中間也夾入米粉，再以滾水燙過的荷葉包裹蒸熟，粉蒸排骨肉質酥糯，吃時還帶有荷葉淡淡的清香。

民以食爲天，有家菜館就以食爲天做招牌，吃給人帶來的快樂是最直接，也最容易滿足的，配合當令食材，既吃得巧，又吃得鮮，爲生活添點好滋味。

西湖邊上吃魚

客居杭州，閒來無事，少不得要嚐嚐當地美味，何況浙菜歷史悠久，品種豐富，菜式精緻，菜品鮮美滑嫩，據說浙菜特點是清、香、脆、嫩、爽、鮮，爲中國四大菜系中的一支，而浙菜主要又可分杭州、寧波、紹興、溫州四個流派所組成，各自帶有濃厚的地方特色。

自南宋以後的幾百年來，政治中心雖在北方，但若論物力之富饒，文化之發達，工商之繁庶，浙江必不可少。北方大批名廚匯集杭城，豐富了浙菜的生命，流傳至今八百多年的南宋名菜蟹釀橙、鱉蒸羊、東坡脯、南炒鱔、群仙羹、兩色腰子等，至今仍是廣受歡迎名菜。紹興的鯗扣雞、鯗凍肉，寧波的鹹菜大湯黃魚、冰糖甲魚、鍋燒鰻，湖州的五彩鱔絲等，都有幾百年的歷史。而溫州鄰近福建，受閩菜影響，烹調上講究清淡，料理食材以海產品爲主，三絲魚卷、三片敲蝦等都是富有地方色彩的好味道。

浙江雖然鄰海，但是杭州菜中河鮮才是主角，來到杭州，宋嫂魚羹是少不了要嚐嚐的，過去孤山樓外樓牆壁上曾留有：「虧君有此調和手，識得當年宋嫂無」的詩句，清朝康熙皇帝南巡時，也指名要品嚐此菜。用鱖魚製作的宋嫂魚羹，先將整隻魚煮湯，魚熟後，將魚撈出剔除魚骨，再將魚肉放回原湯中加少許醬油、糖和較多的醋，吃起來口感滑嫩滋味鮮美，不久前朋友來杭遊玩，住在西湖邊，中午我們在知味觀吃飯，炎炎夏日，我特意點了開胃的宋嫂魚羹，吃起來在酸味外，竟添加了辣椒和胡椒的辣，不知道是不是這幾年受到川菜流行的影響，酸與辣搭配吃來更加爽口，原本杭幫菜我總嫌醬油重，加了辣味少了醬油，更迎合我的口味。

西湖醋魚是遊西湖者必點的名菜，選用新鮮草魚，烹調前要先將魚在清水中餓養兩日，如此才可排出草魚的土味，現在餐廳常以其他品種的魚取代有土腥味的草魚，如桂魚或筍殼魚，但是售價遠較草魚爲高，點菜時最好先詢問清楚，以免發生不快。

前面提到江浙菜常選用河鮮湖鮮，在缺乏冷凍技術和設備的年代，爲了保存食物，海鮮常常是以乾貨的面貌出現在餐桌上，紹興名菜白鯗扣雞就是把雞與白鯗（鹹味黃魚乾）同放一隻碗中蒸熟，也有與碎肉同蒸，和臭豆腐情況類似，喜食者謂之芳香撲鼻，不敢吃的人對那味道確實是難以領教。魚鯗是東南沿海漁民經常食用的菜品，用黃魚製作的叫黃魚鯗，用鰻魚製作的叫鰻鯗。相傳春秋末期，吳王夫差與越國交戰，帶兵攻陷越地鄞邑，即現在的寧波地區，廚師在五鼎食中，除牛肉、羊肉、麋肉、豬肉外，取當地的鰻鯗，代替鮮魚料理，吳王一嚐，覺得味道濃郁鮮美，與往日宮中所吃的淡水魚不同。回宮中後，廚師如常料理魚肴，吳王總覺得味道不如在鄞邑所食的鮮美。於是他派人到鄞縣海邊帶回一位老漁民，老漁民用鰻鯗略加調味後蒸熟，夫差一吃果然是他想念的味道，鰻鯗從此身價飆漲。

袁枚在《隨園食單》上曾提到：「臺鯗好醜不一。出臺州松門者爲佳，肉軟而鮮肥。生時拆之，便可當作小菜，不必煮食也。用鮮肉同煨，須肉爛時放鯗，否則鯗消化不見矣。凍之則爲鯗凍。紹興人法也。」清代鰻鯗是民間十分流行的菜品，當時浙江臺州溫嶺縣松門地區出產的臺鯗，最爲有名。同樣靠海的寧波則有不同的做法，春節時製作的新風鰻鯗，只將鰻略微風乾，便可入菜。除了借重乾貨特有的風味，臨海的寧波盛產黃魚，以新鮮黃魚和鹹菜同煮，做出的鹹菜大湯黃魚，也是頗受好評的一道地方名菜。浙南重鎮溫州，料理時講究用湯，三片敲蝦、三絲敲魚都是以高湯吊出好滋味，三絲敲魚原爲溫州市叫好又叫座的一道名菜，選用近海魚，鮮黃魚更佳，去魚頭、尾、皮，切片蘸上乾澱粉，用木槌輕輕敲成薄魚片，放在沸水裡煮熟，烹調時可以加入雞絲、火腿絲、香菇絲和青菜心，魚肉鮮嫩，佐以火腿鹹香，海陸空食材並納，葷素搭配，顯現烹調巧思。

被稱爲中華民族第二次遷移的宋室南渡，對杭州菜的發展有很大的推動作用，宋室南移，帶來了北方的達官貴人，當然也把北方的京城烹飪文化帶到了浙江，使南北烹飪技藝得以廣泛交流，飲食業興旺繁榮，名饌應運而生。吳自牧的《夢粱錄》、西湖老人的《西湖老人繁勝錄》、周密的《武林舊事》等書都記載了杭州城飲食業的繁華。據《夢粱錄》卷十六「分茶酒店」中記載，當時杭州諸色菜肴有兩百八十多種，各種烹飪技法達十五種以上，豪華酒樓林立不說，普通食店更是「遍布街巷，觸目皆是」。

如今有心扮演上海後花園的杭州，生活情調休閒，飲食料理可略見巧思，更多元的風味正悄悄融入浙菜中，浙江人吃魚不以新意棄傳統，是自信的展現，也保存了好滋味。

白玉入饌

營養豐富的黃豆製品是中華料理的重要食材，簡簡單單的皮蛋拌豆腐或小蔥拌豆腐，家常口味的油煎豆腐、紹子豆腐都別具滋味，小時候我不愛吃豆腐，所有的豆類製品都引不起我的興趣，這幾年隨著歲數增加，健康意識也逐年提高，我似乎也吃出了豆腐的滋味，自己下廚做一道番茄燒豆腐，或是花椒減量的麻婆豆腐，都是四季皆宜的佳肴，由豆腐而至其他豆製品，這一項中國人發名的食材讓餐桌增添了多少變化。

豆製品在浙菜中更是廣爲應用，除豆腐、豆干外，還有腐皮、干絲、千張、油豆腐泡等不同型式的製品，常見的三絲（雞絲、火腿絲、干絲）、腐皮捲、素燒鵝、豬骨千張煲，從涼菜、熱炒到湯品，全是家常的好滋味，雖然只是平民式料理，味蕾的享受卻一點都不遜色。

據說杭州王潤興飯店以前掛了一幅對聯：「肚饑飯碗小，魚美酒腸寬；問客何所好，豆腐燒魚頭。」這道名菜砂鍋魚頭還有一段與乾隆皇帝有關的趣聞，有一年春天，乾隆下江南來到杭州，他穿著便服上吳山遊覽，中午時分不巧遇到下大雨，只好躲避在一戶人家的屋簷下，又冷又餓的乾隆，問主人有沒有吃的？那戶人家王小二便將家中僅有的一塊豆腐，一半用來燒菠菜，一半與半爿魚頭在砂鍋中燒燉，給乾隆就餐。饑腸轆轆的乾隆，覺得菜飯味道特別好，回京後還念念不忘這頓美食。後來他又來到杭州，正逢春節，爲了回報王小二的招待，乾隆幫助王小二在河坊街吳山腳下開了一家飯館，又親筆題了「皇飯兒」三字，這就是王潤興飯店的前身，顧客慕名而來，砂鍋魚頭豆腐也成爲歷久不衰的杭州傳統名菜。

另一道杭州名菜乾炸響鈴，許多餐廳都吃得到，用杭州地區著名特產泗鄉豆腐皮製成的炸響鈴，豆腐皮切成正方形，卷上用豬里脊、鹽、紹興酒和成的餡，再切成三公分大小的段，放入五成熱的菜油中炸至鬆脆撈出，炸好後顏色金黃，口感酥香有層次，因爲炸過的豆皮發脆，吃時微有聲響，所以稱爲響鈴。據悉，泗鄉豆腐皮產於杭州富陽東塢山村，所以又名東塢山豆腐皮，已有一千多年的歷史，以黃豆搭配優質水源，經十八道工藝製作而成，腐皮薄如蟬衣，油潤光亮，軟而韌，拉力大，落水不糊，所以有「金衣」之稱。吃炸響鈴時一般搭配甜麵醬、花椒鹽，喜歡辛香口味者，還可以搭配蔥白，味道更佳。

醬肉蒸香腐是一道紹興菜，醬晒肉食是紹興的傳統菜，醬肉清香甘醇而油潤，臭豆腐則是紹興的著名小吃，最常見的是油炸後沾辣醬吃，不管是紹興還是湖南，我都沒見過臭豆腐搭配泡菜食用的，不知道是不是臺灣人所獨創，不過臭豆腐和泡菜確實是美味組合。至於醬肉蒸香腐則是將醬肉和臭豆腐一起蒸，其味互補，醬香、霉香融爲一體，香味濃郁，富有回味。臭豆腐還可與霉莧菜梗一起蒸，名爲蒸雙臭，顧名思義，難以領略異香者，不要輕易嘗試這一道菜。仙子白玉羹則是以有霉仙子之稱的霉毛豆爲食材，紹興人說：「霉毛豆吊舌頭」，意思就是指霉毛豆的味道鮮美。仙子白玉羹和同樣以豆類爲主要材料的成都豆花，風味迥異。客居成都多年，花椒的香麻，搭配豆花中爲了增添口感所加入炸黃豆的酥香，都比霉毛豆適合我的口味。但是，這是紹興特色土產，此道羹湯選用霉毛豆、豆腐和魚蓉燴製而成，如果能接受霉毛豆這項食材的味道，感覺滋味非凡，口感嫩滑。

吃豆腐減肥曾經在日本流行過，效果如何？我不知道，至少提供了植物性蛋白質，在大家對膽固醇、脂肪避之唯恐不及的今天，清清淡淡的豆製品應該是不錯的選擇，比起老外的燴黃豆，中國人的豆製品完全稱得上是一門藝術。

當錯過的又來到眼前

在臺灣時一直以爲浙江菜的口味偏酸甜，醋啊糖啊醬油是主要的調味料，剛來到杭州，偶爾在夜市大排檔看見菜碟裡紅通通的辣椒，在四川待了幾年的我直覺認爲那是川菜，心裡暗想原來浙江人也喜歡吃川菜，後來才知道那不是川菜，而是衢州菜。沒錯，衢州菜的主要特點是辣，口味重，和鄰近的本幫菜、杭幫菜口味迥異，衢州人喜歡吃辣椒，和四川人比起來毫不遜色。衢州菜中的酸菜魚、烤魚、辣子雞、乾鍋包心菜、石鍋肥腸等都和川菜有相似處，也難怪初時讓我誤以爲是川菜。

衢州菜中最平民化也最受歡迎的當屬衢州小吃「三頭一掌」。三頭指的是兔頭、鴨頭和魚頭，衢州話管兔頭叫兔尼斗，念起來特別有趣，燒好的兔頭鴨頭冷著吃即可，但是多數臺灣人還是難以接受沒有耳朵烹製成深棕色的兔頭。魚頭能接受的人就多了，淡水魚頭現點現做，加入許多辣椒，和四川的魚頭相比，少了花椒，只辣不麻。一掌是鴨掌，可以直接吃，或者和其他菜一起燒，比如田螺鴨掌。外地來的人說，紹興出名的小吃是發霉的，比如咸亨豆腐和霉干菜，衢州出名的小吃則有點稀奇古怪，指的就是兔頭。

這卻是衢州小吃和四川小吃另一個相似處，四川人也喜歡吃兔頭，是相當尋常的小吃，住在成都時傍晚外出散步，常在小巷口看見幾個玻璃櫃，櫃子大小如小型冰箱，一個櫃子後面坐著一個小販，裡面陳列的主要就是少了耳朵的兔頭，成都人喜歡買回去晚上下啤酒，也有裝束時尚的年輕女孩邊走就邊啃了起來，我乍見時頗爲驚怪，不敢吃鴨舌的丈夫卻說，這和臺灣人喜歡啃鴨舌頭差距不大吧。

除了滷兔頭外，四川的兔頭還製成乾鍋，怪味烹之或麻辣燉燒，還有醃漬風乾臘兔，我在四川住了好幾年，不只一次在心裡想，總有一天我要鼓起勇氣嚐嚐兔頭，還沒完成這個心願我就先離開了四川，想不到的是來到杭州處處可見衢州館，兔頭依然觸目可及，這令我膽怯的心願繼續跟著我不罷休，人生中錯過的事物又來到眼前的機會有多少呢？看來上天願意再給我機會嘗試，但此時我才恍然大悟，當初錯過的理由如果沒有消失，重逢也是枉然，我依然在心裡告訴自己，總有一天，我要試試，總有一天。

輯三：滋味南國

重遊鼓浪嶼

如果一個人的一生是八十載，那麼四十就是中點，四十歲以後難免回首，這樣的心情應該適合舊地重遊。

回首時猶如舊地重遊，不須走完旅程，已經知道前方風景，往事逐一浮現，不似初遊時貪看風景，忽略了心情，耽溺新鮮，終至疲累不堪，反而忘了最初的嚮往。

回憶不需要腳程，常是翩然而至，舊地重遊，眼前一景一物，皆能勾出往事魂魄。

夏天，去了一趟鼓浪嶼。一樣的渡輪，十年前，我曾搭乘過，那時的鼓浪嶼安安靜靜，完全不是今日的擾攘熱鬧，嶄新的旅店，小巧的咖啡館，繽紛的紀念品小舖，還有到了黃昏就沸騰起來的海鮮餐廳。十年前的鼓浪嶼還留在回憶裡，林語堂住過的老宅子，如今別人的生活仍在繼續上演，那是一幢古老的英式別墅，圓拱形大門上的朱漆早已斑駁，閣樓上的圍欄缺乏修葺，宅子雖然略顯破敗，但是屋前的玉蘭樹倒是生意盎然。

這一幢位於鼓浪嶼漳州路上的老房子是林語堂妻子廖翠鳳的娘家，當年林語堂就是在這裡和廖翠鳳結婚的。說起來也是緣分吧，林語堂在鼓浪嶼住過的地方，街名叫做漳州路，而林語堂原本就是漳州人。一九〇五年，十歲的林語堂坐船從漳州來到鼓浪嶼，進入美國歸正教會辦的養元小學讀書，後入潯源書院，上海聖約翰大學畢業後，公費赴美留學，出國前，他與鼓浪嶼錢莊老闆的千金，在上海聖瑪麗學校讀書的廖翠鳳結成連理。

十年前的鼓浪嶼遊人不多，商家自然也少，可以閒散的漫步在清幽的小徑上，猶如走入時光隧道，鼓浪嶼禁行燃油車輛，連蓋房子也以人力運磚，沒有喧囂煙塵，沒有車水馬龍，十年前的鼓浪嶼也許和九十年前林語堂攜妻子乘船離開時沒有太大的不同，如今的鼓浪嶼卻是人聲鼎沸，黃昏時分渡船迎來一船一船的遊客，吃海鮮賞夜景。

林語堂自美返回國內後，一九二六年又回到了廈門，應聘至廈門大學擔任語言學教授，雖然這一回他在廈門停留的時間不長，但是他推薦了沈兼士、魯迅、顧頡剛、孫伏園等人至廈大任教，據說還因此吸引了一些學生不遠千里轉學到廈大。在廈大，魯迅編寫了《中國小說史略》和《漢文學史綱要》兩本教材。魯迅的很多重要著作也是在這一時期產生的，如歷史小說《鑄劍》、《奔月》。此時的魯迅正和許廣平戀愛，書信往返頻繁，《兩地書》中大部分篇章寫於此時。雖有戀情依託，魯迅在廈門卻又感到孤單，覺得身邊缺乏可以聊天的對象，這從他當時寫下的文字即可以看出：「此地四無人煙，圖書館中書籍不多，常在一處的人，又都是面笑心不笑，無話可談，眞是無聊之至。」那時魯迅在中國現代文學的地盤已經有一定的地位，有些人可能不知道當年他在日本仙台醫專的成績卻並不理想，據說考試成績六丙一丁。他回國後棄醫從文，也許不僅是爲了實現救人靈魂的壯志，也有現實的考量，顯然他寫小說的成績優於醫科成績。但是一九〇九年他自日本回國後，一開始在杭州的兩級師範學堂教的可不是文學，而是擔任初級師範化學教員和優級師範生理教員，杭州師範可說是當時浙江省待遇最好的學校，魯迅的化學大概教得不算有趣，總之並未受到學生歡迎，學生不懂得欣賞他，他也對學生不滿意，據說還曾經因爲學生上課搗蛋，害得他實驗燒杯爆炸。

不過十幾年間，魯迅開拓了新天地，一個受到許多學生追捧的大師，換一個領域，很可能就是完全不一樣的狀況，上午從廈門大學漫步至海濱時，我不禁想，人生選擇，十分微妙，不可不愼啊。

大一時讀文化大學，常坐車經過陽明山仰德大道旁的林語堂故居，雅致的白牆，一望就透露出了主人的性格，當時覺得難以和《京華煙雲》中的世故人情聯想一處，現在想想，其實是那時自己太年輕不懂人情世故。

林語堂新婚，便一把撕了結婚證書，他對妻子說，結婚證書是離婚時才要用的，我既與你結婚，就是一輩子的承諾，結婚證書於我們無用。無用之物，何必還要留著，總覺得那個時代的人瀟灑，我們卻瀟灑不起來，對現代中國的人而言結婚證可有許多用處，戶口調查時用得到，就連在大陸買房子都用得到，哪裡是一句信守承諾，對自己交代過去就得了，更多時候是得對別人交代啊，臺灣的做法倒也乾脆，直接登記在身分證上。

黃昏，坐船返廈門，在中山路老街，吃了沙茶麵和海蠣煎，沙茶麵採用的福建沙茶醬和臺灣常吃的沙茶醬滋味不同，我嚐來覺得有點像東南亞的沙嗲醬，但廈門人堅持截然不同，他們另有沙嗲口味的料理，而沙茶醬是將油炸花生米碾成碎末，加上去骨的油炸比目魚乾末、蝦米末和蒜泥、香菜末、辣椒粉、芥末粉、五香粉、沙薑粉、芫荽粉用植物油煸炒，佐以白糖、鹽調味，再以文火慢炒約半小時。用此沙茶醬調味煮麵，口味鮮醇，客人吃時可以任選鴨心、鴨腸、鴨胗、鴨血、丸子、蝦仁、豬腰、豆腐等配料，滋味豐富。海蠣煎端上桌，更是讓人想起日本料理節目的用語，超豪華大手筆的用料，豪邁的放入大量海蠣，一點不手軟，海蠣就是蚵仔，臺灣夜市的蚵仔煎常常一盤只有數顆蚵仔，廈門的海蠣煎卻有一盤呢，加上一個蛋，稱得上料多實惠，但淋在上面的醬汁不如臺灣夜市的味美。

舊地重遊，有新閱歷，有新感觸，也有新體悟。

轉念又想，也許沒有眞正的舊地，人在變，城市也在變，重遊時，即使舊地也有了新風景。

風中的平潭島

一直想去平潭島看看，說不清緣由，終於等到福州連接平潭島的大橋開通，雖然是個颱風在臺灣海峽盤旋的日子，但是我偏巧和這場行進緩慢的颱風行程相仿，就這兩天逗留福州，好在現在從福州前往方便許多，不用再乘渡輪，車過福清市東翰鎮，跨海大橋經北青嶼達平潭，全長四九七六公尺，其中跨海部分長三五一〇公尺。

車到平潭，市區小街顯得有些凌亂，陳舊髒污的小吃店，蒼蠅飛舞不歇，巷子裡還沒開始做生意的按摩店，年輕女孩塗著蔻丹，推估恐怕春色暗藏。這是初踏上平潭島的第一印象，因爲一無所知，就隨便找了個方向朝下走，看似熱鬧的市場，轉入狹長弄堂，就是聯結的古老民居，較之路邊新建店面，質感好多了，顯然是因應平潭昔時多風少樹的海島自然環境，就地取材以花崗岩爲主要原料建房，聚居村落中堅固的石房相連，這種石頭房從地基到牆面，從門框到梁柱都採用石料，配套的有石圍牆、石頭壘砌的豬圈、石頭水井等，我在書上看到當地曾經流傳這樣的民謠：「平潭島，平潭島，光長石頭不長草。」這樣的景致倒讓我想起了澎湖，雖然石頭的質地不同，但是熾烈的小島陽光、狂躁的海風、空氣中鹹腥的味道，卻熟悉的交織在一處，從記憶中搜尋出關於澎湖既逍遙又狼狽的旅程，逍遙的是澎湖遠離城囂，狼狽的卻是當地狂亂不羈的風與陽光。

平潭島上老式馬鞍形封火牆與後期人字形屋頂高低錯落，古老民居有兩種不同式樣，當地人稱爲竹篙厝與四扇厝，前者據說是依照清朝時屯兵的營房演變而來，呈幾進院落，有前後天井；後者出現在民國時期，爲單進排厝的樓房。看蓋房子的材料就可以看出當年屋主的經濟實力，講究者選用石料規格多爲長方形，石面打磨光滑，牆面呈正斜交錯疊砌，以求花樣變化，石縫緊咬密合成線，堅固又細巧。但也有些石頭房蓋時顧不得這許多，選材粗糙，色調不一，顯然不夠講究，不過在流行混搭的今天，倒也另有一番懷舊的美感。

平潭有千礁島縣之稱，因地平如壇而得名，又稱海壇。自晉朝始，中原人爲了躲避戰亂，不遠千里甚至渡海遁居於此，元朝時島上民眾已有四萬戶。由於平潭島是地殼運動中從海底升起的島嶼，如今在島上的南寨山石林，仍依稀可見當年海底的景象。雲南石林也是這樣的地貌，分明行走在高聳的石柱間，陽光亮燦燦灑了一身，頭一偏眼一垂，卻看見貝殼化石，讓人錯亂，隱約看見波蕩海水，水草搖擺間魚群穿梭，潮音起落，滄海桑田原是這般。

在平潭島蘇沃鎮看澳村西側海面，矗立著兩塊狀似風帆的礁石，這是平潭最著名的自然景觀——石牌洋，又稱爲雙帆石。清朝女詩人林淑貞寫下：「共說前朝帝子舟，雙帆偶趁此勾留。料因濁世風波險，一泊於今纜不收。」若說他處風波險，平潭島的遠離塵囂或者保留了多一點隨興與島嶼討海人特有的豪氣。平潭島南端有一座鳳凰山，是傳說中鳳凰相戀相棲的地方，鳳凰山雖然並不高大，但因爲在平坦的島上聳起像是伸出巨大的手臂環抱面海，山體看似巨大的岩石，山的西段卻有一缺口，缺口正對西北面從山腳斜出的長沙灘，風從沙灘上挾沙而來，自山口爬過山坡，纏繞著鳳凰山，飛舞成一片沙霧，日復一日，山的南面便積累了一片茫茫沙坡。

海濱沙灘如今可能成爲平潭的觀光資源，但是我們去龍鳳頭海濱浴場的那天，颱風外圍環流正影響著臺灣海峽，海邊的狂風捲起細沙撲面襲來，連前進都十分困難，沙粒打在手臂上臉頰上，頓時出現異樣的刺痛感。據說平潭島海岸線達四〇八公里，其中一百多公里爲沙灘，以龍鳳頭海濱浴場爲例，沙質細白，海水清澈湛藍，而且面積夠大，不但可以戲水，還可以在此騎馬，沙灘後方有蔥郁防護林，海上有島嶼岩礁，灣象好。但這種種優點，在我前往的那一天裡，都因爲被風吹得睜不開眼而難以體會，沙灘上一處牆堡橫亙連接外圍道路延伸至沙灘的海堤，靠近時，只想它能暫避風頭，原來避風頭這三個字用得如此貼切。

逛了一天，疲累倒不是因爲路途勞頓，主要是風太狂，劈頭蓋臉的讓人招架不住，吃點熱食，被風吹亂的神智也可稍作恢復。平潭島在交通不便的年代，島上糧食生產極爲單一，除了地瓜就是花生，多種以地瓜爲主要食材的小吃，好比將蒸熟的地瓜搗碎成糊狀，包上餡後，可以煮食也可蒸食的粿，是平潭逢年過節必不可少的特色小吃；還有八珍炒糕，說是糕，其實是將切成丁狀的海鮮裹上澱粉炒熟，吃來口感特殊；另外和福建其他地區一樣，魚麵、魚丸、魚餃都是尋常小吃。

從地圖上看，平潭島是大陸距離臺灣最近的地方，六十八海里，六十八海里有多遠？很多人都說不清吧，島上熟悉的古老民居，陌生的語言，相似的小吃，相異的制度，又遠又近的距離，才是大多數人的印象。

遊三坊訪七巷

走出福州火車站，坐上去旅店的計程車，司機見我是外地來的遊客，推薦我去三坊七巷看看，他說就在市中心，離我下榻的旅店很近，步行十幾分鐘即可達。

三坊七巷是自唐、宋以降逐步形成的坊巷，三坊指的是：衣錦坊、文儒坊、光祿坊；七巷指的是：楊橋巷、郎官巷、安民巷、黃巷、塔巷、宮巷、吉庇巷。放下行李，喝了一杯昨天買的安溪鐵觀音，佐南普陀的綠豆餡素餅後，便出發往三坊七巷，連橫在《劍花室詩集》中，曾以茶爲題做詩二十二首，其之一首爲：「安溪競說鐵觀音，露葉疑傳紫竹林。一種清芬忘不得，參禪同證木樨心。」在臺北時，幾乎都是喝咖啡，很少喝茶，若喝，年輕時偏愛茉莉香片，後改飲文山包種，喜其味清，西湖龍井茶我喝不慣，這次到福建便買了些鐵觀音。

步行至南後街，這條長約一公里的街道，是三坊七巷的中軸。它的東側有七巷，西側有三坊，原是唐宋至民國時期福州城內主要的商業街，這裡日常生活所需的三十六店（意指包含各行各業）一應俱全，還有刻書坊、舊書攤、裱褙店，以及元宵、中秋兩節的燈市。「正陽門外琉璃廠，衣錦坊前南後街。客裡偷閒書市去，見多未見足開懷。」清末舉人王國瑞這首詩將福州南後街比為北京正陽門外琉璃廠，多少反映出當時南後街的風貌。

三坊七巷民宅沿襲唐末分段築牆的傳統，以厚磚或土築圍牆，牆體隨著木屋的起伏作流線形，翹角伸出宅外，狀似馬鞍，俗稱馬鞍牆，牆頭和翅角皆有泥塑彩繪，這是福州傳統民居特有的牆頭風景。宅院有一進或多進，每進都有大廳、後廳、正房、後房、左右披榭、前後天井。天井也是福州傳統民居的一項特色，由廳、榭圍繞成矩形空間，可使宅院日照充足，空氣流通。

衣錦坊是三坊的第一坊，舊名通潮巷。據清《榕城考古略》記載：宋朝的「陸蘊、陸藻兄弟典鄉郡居此，名祿錦，後王益祥致江東提刑任，更名衣錦。」宋時稱「祿錦」，明朝更爲「衣錦」，其實都是說坊內有人在外做大官，如今衣錦還鄉。坊中十六號爲清嘉慶進士鄭鵬程居宅，宅中的水榭戲臺頗有特色，是一座木構單層平臺，下建清水池塘，中隔天井，正面爲閣樓，可在此看戲，水清、風清、音清，據說具有聲學原理，是福州市現存的唯一一座水榭戲臺。我曾在越南看過水上木偶戲，演出者下半身浸於水中，卻爲戲偶營造出波光瀲灩，應該也是源自福建，兩者雖不同，但都運用了水。

三坊中的第二坊為文儒坊。清代詩人，《石遺室詩話》作者陳衍的故居也在坊內，是一座坐北朝南的宅第，陳衍的《石遺室詩話》，是同光體詩派的理論著作。同光詩派是清代同治、光緒年間的一個主張學宋詩的詩歌流派，陳衍主張人與文一的思想，強調寫詩要不受世祿干擾，寧走荒寒之路，甘處困寂之境，以保持個性的獨立，他特別贊賞「清而有味，寒而有神，疲而有筋力」的藝術趣味。不受世祿干擾，不論什麼時代，都是知識分子得面對的，只是形式略有不同罷了。

三坊中的第三坊光祿坊，也有不少名人在此居住過，像是近代小說翻譯家林紓、作家郁達夫等。

楊橋路是七巷中最北面的一條巷，楊橋路古名登俊坊，因西能通楊橋而改名。楊橋路與南後街交叉處的林姓大宅，是林覺民烈士生前的住處，林覺民所寫的〈與妻訣別書〉，我們這一代的人都耳熟能詳，因為深深受到感動，也還能背上幾句：「意映卿卿如晤：吾今以此書與汝永別矣！吾作此書，淚珠和筆墨齊下，不能竟書而欲擱筆！又恐汝不察吾衷，謂吾忍舍汝而死，謂吾不知汝之不欲吾死也，故遂忍悲為汝言之……」倒不曾想有朝一日有機會來到他寫信與妻子訣別之處，林家故居後來賣給冰心的祖父謝鑾恩，冰心小時候在這裡住過，她所寫的《我的故鄉》，文中描述的房宅便是此處。

楊橋巷有座雙拋橋，規模不大但有個傳奇故事。雙拋橋邊兩岸各長了一棵榕樹，兩棵榕樹隔著河岸在空中枝葉連成一片，相擁成蔭，相傳是一對年輕的戀人在此殉情後，化身為榕樹，故事說得久了，現在人們已經分不清究竟是先有樹，還是先有這則惹人傷感的傳說。不過，由於河道改造和城市建設的緣故，如今的雙拋橋已經變成了一座亭子。

在林則徐紀念館對面，我找到了同利肉燕，店內不設座位，客人多是外帶，現吃者就手捧紙碗站在路邊吃。同利肉燕老舖創始於一八七六年，至今已傳承五代，是福州製售燕皮的老字號。相傳在明朝嘉靖年間，福建浦城縣有位告老還鄉的御史大人，吃多了山珍海味，只覺平常。於是，家中廚師動了巧思，取豬腿瘦肉用木棒打成肉泥，摻上適量的蕃薯粉，擀成紙片般薄，包上肉餡，做成扁食。御史大人吃後覺得滑嫩脆爽，問是什麼點心，廚師見扁食浮在湯中其形似燕子，取名扁肉燕。

福州人喜將扁肉燕與鴨蛋共煮，因福州話裡鴨蛋與「壓亂」諧音，討個吉利，象徵太平，因此也叫太平燕。太平燕是福州一道著名地方風味小吃，福州人逢年過節，還有婚慶時都要吃太平燕，取平安之意。站在店門口吃了一碗剛煮好的肉燕，雖是有百年歷史的老店，我卻更喜歡渡海之後臺北南門市場福州風味老店賣的燕丸。

萬里之行始於足下

客居成都五年間，一直住在一環內，如以古城計，鄰近南門，以如今的發展，自然毗鄰熱鬧的商業區，步行十分鐘，即可融入春熙路的人潮，當地人說百年春熙，其實春熙路是楊森在一九二四年建成，計劃修路，路自然應該是直的，但當時總府街馥記藥房老闆鄭少馥是法國領事館的翻譯，拒不拆遷，楊森無法，所以在中山廣場處，春熙東路和春熙西路，春熙南路和春熙北路相互錯開。春熙路起初是以楊森的森威將軍而名爲森威路，後取老子《道德經》：「眾人熙熙，如享太牢，如春登臺」的典故，改名爲春熙路。這個改名倒是符合事實，春熙路上的確是眾人熙熙，一片熱鬧。

成都的熱鬧，不僅在於人多、店多、戲耍多，也在於歷史的豐富，隨處行走，俯拾皆是典故。好比由我所住之處向西行，同樣約莫十分鐘，便到了萬里橋，萬里橋位於成都市城南錦江上，是古時水路東航起程處，三國時蜀費禕使吳，諸葛亮於此餞行，費禕說：「萬里之行，始於此橋。」橋便由此得名。此名句後來演變成「萬里之行，始於足下」。杜甫詩「萬里橋西一草堂」，張籍詩「萬里橋邊多酒家」，寫的都是這一座萬里橋。而杜甫另有「窗含西嶺千秋雪，門泊東吳萬里船」，則可以看出成都當時作為長江上游重鎮和西南經濟文化中心的景象。漢、唐舊橋已不復存，清康熙年重建了一座七孔石砌拱橋，長八十五米寬十五米，乾隆、光緒年間兩次修葺。可惜由於古橋無法負擔往來頻繁的交通，已拆除改修水泥大橋，如今的萬里橋旁修了一艘船形酒店取名「萬里號」，便是緣於此典故。萬里號上可以吃燒烤喝啤酒，初夏時節，天黑得晚，邊賞暮色邊喝啤酒，是典型的成都人消磨時間的生活方式，不急不慌，慢慢悠悠。

由萬里橋續向西行，可至浣花溪杜甫草堂，南行，可至武侯祠。

武侯祠旁規劃了一條仿古街，進入錦里不需要門票，但是進武侯祠是要門票的，自從武侯祠門票驟漲一倍，有些遊客便只逛錦里，不入武侯祠了。雖說武侯祠是中國唯一一座君臣合祀的祠，但祠內除了劉備墓，並沒有太大看頭，如果不是三國迷，大概不會有太高的興致。至於號稱成都版清明上河圖的錦里二〇〇四年秋開市，融合了巴蜀民俗和三國蜀漢文化，錦里原是西蜀歷史上最古老、商業氣息最濃街道，早在三國時期便已聞名，如今借錦里之名，將古今之風融合，城市情調與川西民俗並呈，說來好笑，為了都市發展所以拆了古橋，但想要吸引遊客，再另建仿古街道，但仿的畢竟不是眞的啊。在這長不足四百米的仿古小街，有茶樓、客棧、餐廳、酒吧、戲臺，和專做遊客生意的工藝品特產店，小攤上的糖畫、捏泥人、剪紙、皮影戲偶，繽紛熱鬧，讓人目不暇給，總給人一種年節的歡樂氛圍。大陸各城仿古街多不勝數，江南地區可說每市皆有，但除非假日大都冷清寂寥，不似錦里總是人聲沓雜，是錦里的規劃有過人之處嗎？我倒覺得更多是得力於成都人愛耍愛玩的性格。

昔時萬里橋的送別，始於足下的萬里之行原是冷清孤寂，如今早已發展成一片繁華，人煙喧囂，歷史原是一條長路啊，可惜古橋已拆，不然網路小說中流行的奇幻穿梭大戲一上演，說不定諸葛亮還有機會辨識出當年為費禕送行之處，睿智如諸葛亮，來到二十一世紀，可仍能使出三十六計？為聲色迷惘的現代人指點迷津。

靜止的通天樹

車子駛出成都，沿成綿高速公路北行二十餘公里，就到了廣漢縣，這裡地處成都平原北邊，鴨子河繞城而過，河岸蘆葦叢生，河面野鴨優游，據說當地人認爲，鴨子河能帶給人吉祥平安，但是倒也未曾因此原因不吃鴨子。

廣漢最著名的當然是三星堆，早在一九二九年春天的一個傍晚，農民燕道誠兄弟三人在挖蓄水溝時，意外地發現了一處古代遺址，當時許多骨董商聞訊後紛紛擁至廣漢月亮灣，事實上，鄰近處土層下沉寂著爲數更多的千年寶藏，可當時無人知曉，當然也還好不知曉，直到八〇年代陸續出土，才得以保存。

然而除了三星堆，廣漢也是藍星詩社社長覃子豪的故鄉，卻鮮少有人在意，如今廣漢房湖公園便設有覃子豪紀念館，門口的對聯上寫著：「當時望鄉千莖白，至今照島一星藍。」這位推崇象徵主義詩風的詩人，故鄉的紀念館一如預料的冷清寂寞。我在黃昏時來到，方才在三星堆博物館逗留了一個下午，廣漢是一座小城，三星堆爲此地帶來了極大的知名度，但並未帶來相應的繁榮，是小城的幸運，但也讓我略感意外，想來當地人中也有爲此失望者吧，以爲可以借三星堆之名發展觀光產業，但遊客幾乎全是當天自成都往返。

據說發源此處的古蜀國與中原商王朝並無任何藩屬關係，是兩個相對獨立的國度，目前發現的商朝甲骨文中，記載了商朝軍隊與蜀人作戰的事件，但大多並無戰事結果。而三星堆的發現將古蜀國的歷史推前到五千年前，古蜀國的繁榮曾經持續了一千五百多年，然後又像她的出現一樣，她突然地消失了。當歷史能夠再銜接上時，中間已不明就裡的出現了兩千年的空白。於是人們假想了種種原因，猜測著她的消失，有學者認爲是因爲洪水肆虐，但考古學家並未在遺址中發現洪水留下的沉積層；而遺址中發現的器具大多被事先破壞或燒焦，又有學者推測也許發生了慘烈的戰事，但後來人們發現，這些帶有焚燒痕跡的器具，年代相差了數百年；也有人認爲古蜀人遷徙去了他方，但他們爲什麼要遷徙？成都平原物產豐富，氣候溫和，是何種原因造成大規模遷移，似乎也不能作爲古蜀國消失的充分原因。

古蜀國的消失於是成了一個謎，余秋雨看過三星堆後說：「偉大的文明就應該有點神祕，中國文化記錄過於清晰，幸好有個三星堆。」我雖然對歷史所知有限，但是倒是願意歷史裡多一點神祕，甚至應該說，有時講得太清楚的事，反而惹人疑竇。

大約三千年前，三星堆的工匠們進行了一項大工程，繁雜的項目中包括製造許多棵青銅樹，博物館的說明中記載，耗資之大足以傷及國力，當然這是經後人研究所知。三千年前三星堆的人們相信他們祭祀的場所位在世界的中心，當銅樹聳立起來的時候，人們將達成天與地的溝通。這讓我想起了《舊約聖經》中的巴比倫塔，位於今天的伊拉克首都巴格達，五千年前那裡曾經矗立著一座可以通天的巨塔——巴比倫塔。根據《舊約》記載：洪水大劫後，天下人都講一樣的語言，諾亞的子孫愈來愈多，於是向東遷移，然後在古巴比倫附近的一片平原定居下來。他們決定在此建一座城，和一座塔，塔頂通天，爲要傳揚他們的名，由於當時地球上所有的人們語言相通，所以交流時沒有誤會，自然同心協力，建造的巴比倫城美麗繁華，高塔直入雲霄，彷彿與天一較高低。此舉驚動了上帝，上帝不滿人類的虛榮和傲慢，他心想：如果人類眞的能修成通天的高塔，還會尊重神，信仰上帝嗎？我不是天主教徒，但我初聽這故事時，就不大相信，上帝會爲了鞏固自己的地位而要手段？神既愛世人，爲何要破壞人類難得的團結和諧，當然教徒會解釋，是因爲人類的自滿驕傲觸犯了上帝。總而言之，故事裡的上帝改變了人類的語言，使他們分散在各處，那座通天之塔也就停工荒廢了，也許這是人類歷史上第一座爛尾樓。

在希伯來語中，巴比倫是「變亂」的意思，所以那座塔名爲巴比倫塔。而在巴比倫語中，巴比倫是「神之門」的意思。同一詞彙在兩種語言中竟然意思完全不同，卻又符合前述《舊約》故事所述，倒也有費解之處。如今阿聯酋杜拜市中心的Business Bay區，又興建了一座世界第一高樓——杜拜塔，超越曾經是世界第一高樓——臺北一〇一大樓。據說杜拜塔完成後的高度是八百餘公尺，爲了確保能永遠擁有世界第一高樓的稱號，該建築採用特別的設計，可隨時增高樓頂，使自己立於不敗之地。

《舊約》故事中的通天塔，恍如在二十一世紀重新搬演，只不過故事中的高塔是建於洪水退去後，而如今高塔建成，正值地球氣候驟變，海平面上升，故事的進程反轉，這一回，上帝會怎麼做呢？

三星堆博物館的一號青銅樹，樹枝上棲息著九隻神鳥，歷史學者說是取「九日居下枝」的典故，傳說遠古本來有十個太陽，祂們棲息在神樹扶桑上，每日一換，神鳥便是太陽的象徵。巨大的銅樹上還有龍盤繞，因此學者推測這不是普通的樹木，而是神樹，神樹在中國的古代神話傳說中不止一種，例如扶桑、若木、三桑、桃都等都是。有些學者認爲青銅樹是古蜀人幻想成仙後上天的天梯，這天梯同太陽所在的地方相連。英國學者羅森在《古中國的祕密》一書中認爲，三星堆的青銅樹使用了貴重的青銅來鑄造，可能是暗示它所表現的是人世以外的一個非物質的世界。所謂的非物質世界指的是仙境嗎？還是地球上所沒有的物質，也就是外星球。那麼，古蜀國的消失，眞的是因爲發生了大規模遷移嗎？由天梯遷移去了天上，又或者是去了外太空。過去常有人將三星堆文化與馬雅文化、古埃及文化，甚至外星人之間做了聯繫，雖然這些假設一一被大陸學者推翻，但我總覺得其中的神祕，不是人類所能洞悉的。

午後，在房湖公園對街的小餐館吃飯，已經過了用餐時間，餐館裡冷冷清清，我們點了幾道很四川的菜，水煮魚、鹽煎肉、花椒辣椒爆炒瓢兒菜，水煮魚又辣又香，適合下飯，只是鋪底的雜菜吸了太多辣油，幾筷子後，就難以招架了，而淡水魚本就多刺，廚師片魚時又將魚肉中的Y型刺片斷了，吃起來更加困難，我在四川吃鰱魚，片魚片得好的，還眞不多見；鹽煎肉做法與回鍋肉相仿，不過採用的是里脊肉，而非五花肉，炒起來不柴不乾澀，是其火候功夫；至於瓢兒菜，其實就是青江菜。熱騰騰的飯食最能將人拉回現實，三千年前，古蜀國獨立於中國的商朝，如今川菜在中國大陸倒是處處可見，成爲餐飲業中的大宗，一方面因其味美，另一方面，據說也和川菜廚師工資較其他菜系廚師低有關，粵菜廚師的待遇是最高的。

雖然在四川下館子，我總要提醒服務員轉告廚師，鹽量減半，不放味精，但菜總還是口味太重，大概廚師捨不得下手輕吧，當年四川地處內陸，沒有海鹽，海鹽應該還算是個好東西。

三星堆出土文物中的縱目面具，就和此脫不了關係，雖然中國本就有橫眉豎目的說法，但不過是一種形容，在三星堆的文物中，表現人類眼睛的物件不僅數量眾多，而且這些眼睛形狀誇張，瞳孔部分呈圓柱狀向前突出，有數十對眼形銅飾件，包括菱形、勾雲形、圓泡形等十多種不同形式，周邊均有榫孔，可以組裝或單獨懸掛，古蜀人爲什麼如此重視刻畫眼睛？銅面具眼睛瞳孔部分爲什麼要做圓柱狀呢？《華陽國志》記載：「蜀侯蠶叢，其目縱，始稱王。」其墓葬稱爲縱目人冢。據學者研究，所謂縱目，指的就是銅面具眼睛上凸起的圓柱，三星堆出土的突目銅面具正是古代蜀王蠶叢的神像。據史書記載，蜀王蠶叢原來居住於四川西北岷山上游的汶山郡。而這一地方「有鹼石，煎之得鹽。土地剛鹵，不宜五穀」。直到近代，此地仍因爲缺碘，罹患甲狀腺機能亢進的人數較其他地區高，而甲狀腺機能亢進會使得眼睛凸出。也就是說，蜀王蠶叢可能有甲狀腺機能亢進的毛病，後人爲蠶叢塑像時，抓住這一特點進行神化，所以出現縱目面具。

這樣的解釋雖然清楚，也合理，但少了想像空間，未免讓人有些洩氣，文學要的不是合理，更不是標準解答，文學的國度裡，各人可以有各人的說法，誰也不須說服誰，文學和歷史，也許就像三千年前的古蜀國和商朝吧！留連房湖公園，我想起這樣的詩句：不是偶然，沒有眉目／不是神祇，沒有教義／是一存在，靜止的存在，美的存在／而美形於意象，可見可感而不可確定的意象／是另一世界之存在。這是覃子豪寫的〈瓶之存在〉，詩人是古蜀國後裔嗎？想像馳騁千里，跨越彼岸，終又重返故鄉。

那麼，如果古蜀國人，眞是沿著天梯去了外星球，在海水即將上漲之時，地處內陸的四川應該是洪水較晚抵達之處，他們是否會放下天梯，這一回人類依靠的不是方舟，浩劫後的人類，如有重生的機會，能改變地球的命運嗎？

當然，這也只是窮極無聊的痴愚念頭罷了，在離開鴨子河時，突然迸現。

盛夏說泡菜

炎炎夏日，悶熱高溫常讓人失去胃口，這時候大魚大肉更激不起食欲，反而酸辣甜鹹兼具的爽口泡菜，比較吸引人。

最早在臺灣吃到的四川泡菜，幾乎清一色泡的全是高麗菜，到了四川後，才發現四川泡菜品項豐富，而且不僅泡素菜，也泡葷菜，有些餐館爲了凸顯四川泡菜的特色，特地沿牆訂製玻璃櫃，一層一層置放玻璃泡菜罐，罐子裡紅的青的辣椒，白的蘿蔔黃的薑，五顏六色十分好看誘人。

泡菜是四川人的家常小菜，據說在四川，女兒出嫁時，娘家的媽媽會準備一罐老鹽水作嫁妝，這罐老鹽水是從娘家的泡菜罈裡分裝出來的，讓出嫁的女兒帶到婆家繼續醃製泡菜，所以這祖傳的泡菜老鹽水其實是傳女不傳子的。

泡菜在四川的歷史可以上溯至三國，相傳三國時有一位廚師趙七發明了泡菜，他所製作的泡菜美味可口，諸葛亮爲了讓軍中官兵可以方便以泡菜佐餐，特別向趙七要來一罐老鹽水，趙七告訴諸葛亮，每次泡製時，以江水煮沸冷卻後兌入，然後加鹽放菜即可，從此蜀軍無論四季都有泡菜佐餐了。

泡菜的發明當然和早年物資存放的條件有關，在沒有冰箱的年代，以鹽醃漬是古人保存食物的方式之一，中國人醃蘿蔔乾、臘肉、鹹魚，老外醃培根，食材經過風乾或晒乾，加上大量的鹽，就可以讓食物的保存期得以延長。而泡菜是以鹽保存食物的另一種方式，泡製過程中乳酸菌的酸化作用，讓泡菜更添滋味。

一般家庭裡的泡菜從冬天泡了一直吃到來年夏天，在四川最常見的泡菜並不是高麗菜或大白菜，高麗菜在四川稱爲蓮白，市場裡館子裡和人說高麗菜，別人是不懂的。最常見的泡菜種類是青紅蘿蔔黃瓜青萵筍，不論大小餐館，也不論點的是魚翅鮑魚，或者家常菜如麻婆豆腐、魚香茄子，在四川，只要你點了米飯，隨著那碗飯一起送上來的，一定還有一小碟五顏六色的泡菜。

四川泡菜講究的是酸甜鹹香爽脆，蘿蔔黃瓜等泡後口感爽脆不讓人意外，但是別忘了四川泡菜不是只有素的，葷的也得酸甜鹹香爽脆，那就有點學問了，葷菜常見的有豬耳朵、豬腳和雞腳，膠質豐富，泡得好的吃起來確實十分爽脆。

泡菜不僅可以單吃，還可以變化做出不同料理，像是泡菜魚和泡菜土豆泥，泡菜魚原是一道漁家菜，漁人在江上捕魚，肚子餓了，沒有完備的烹調用具，也缺乏搭配的食材和調味料，於是靈機一動，以剛剛捕上船新鮮的江魚，和四川人餐餐不可少的泡菜一起下鍋，就成了如今許多人喜歡吃的泡菜魚。相較於泡菜魚，我個人比較偏好泡菜土豆泥，四川人愛吃魚，有特色的魚料理太多，水煮魚香辣夠味，若比野趣，同樣源於漁家的船家烤魚也毫不遜色，倒是泡菜土豆泥清新可口，滋味別樹一格，四川人稱馬鈴薯爲土豆，其實在大陸許多地區也都是這樣說的，可別以爲土豆指的是花生，所以土豆泥就是馬鈴薯泥，在馬鈴薯泥中放入切碎的泡菜拌炒，吃起來微辣微酸，口感綿密細緻，有一次和定居荷蘭的作家韓良憶說起，才知道荷蘭也有相似的做法，將佐豬腳的酸菜切碎和馬鈴薯泥拌炒，原來不論東西，人的口味常有相通之處。川菜中著名的魚香系列，也以泡菜汁調味，像是魚香茄子、魚香肉絲，吃起來微酸微甜，可見泡菜在川菜中應用之廣之巧。

醃製泡菜時最好選擇土陶罈，現在有人喜歡選用玻璃罈，貪圖透明可以清楚看見罈裡的泡菜，但論滋味，還是土陶罈最佳，有適宜的透氣性，又不透光，更適合泡菜的酸化過程。四川泡菜醃製時除了要加老鹽水幫助酸化，因爲老鹽水中已有豐富的乳酸菌，還要加鹽蒜芫荽芹菜白酒，最重要的是花椒，這一味香料是川菜中不可或缺的元素，不但少了川菜就不像川菜了，甚至產地不對，滋味也不一樣了。

四川人喜歡吃麻辣火鍋，眾所周知，泡菜平常較少被特意提起，但其實早已成為生活必需品。有一則關於泡菜的故事，相傳宋朝時川人蘇易簡在朝為官，一天皇帝問他，天下何物最美味，他回答，泡菜水，皇帝不解，蘇易簡解釋，有一回他喝多了酒回家，看見院子裡的泡菜罈子被雪覆蓋住了，正覺口渴的他便倒了一碗泡菜水喝，酸酸辣辣的滋味，什麼山珍海味也比不上。我想那只是蘇易簡個人的喜好，不然為什麼川菜中不見泡菜湯，另一個喜歡泡菜且充分發揚光大的民族當數韓國人，韓國菜中不就有泡菜湯、泡菜炒飯等料理。倒是四川泡菜中有專泡薑蒜辣椒，除了佐餐外，主要是烹調時作為辛香調料，值得一提的還有四川的獨頭蒜特別好吃，敢生吃的人，吃起來清脆多汁，當然吃完得來片口香糖，據說喝茉莉花茶對清新口氣有效，不敢生吃大蒜的人，可以吃熟的，許多火鍋中都會放入獨頭蒜調味，好比譚魚頭火鍋的鍋底就有，煮熟的獨頭蒜鬆軟綿密，入口即化，所謂的獨頭蒜就是整顆蒜只有單獨一球蒜頭，圓球狀的獨頭蒜大小如鵪鶉蛋一般。

儘管如今家家有冰箱，食物保存不是問題，有天府之國之稱的四川更是四季各有不同青蔬，泡菜依然大受歡迎，自然是因為其獨特美妙的好滋味。

成都豆腐平民好滋味

豆腐是中國人所創造，長久以來被廣泛使用的一種食材，由於美味又營養，流傳之廣，現在世界上許多地方都吃得到豆腐，根據記載，豆腐是由漢淮南王劉安所創，一開始除了用黃豆製造，也有用黑豆製造的豆腐，製作豆腐的過程其實很簡單，只要在研磨好的豆汁中加入滷汁凝結便可以了。

豆腐是非常尋常的食材，中國各地幾乎都有獨特的料理方式，川菜中最出名的當屬麻婆豆腐，顧名思義，吃起來又麻又辣，是一道極爲下飯的菜，然而，成都除了陳麻婆豆腐有名外，豆花也是當地著名的傳統小吃，小販挑著擔子或騎著車子在街上叫賣，吃時將豆花勺進碗裡，拌上醬汁，那醬汁又鹹又辣，裡面有炒過的花椒、辣椒、榨菜末和肉末，醬汁吃起來有點像擔擔麵上的淋醬，吃完後眞是口齒留香。至於餐廳裡吃到的豆花那就比較講究，式樣也多，現在成都出現了一些以豆花爲招牌菜的餐廳，師傅們各憑創意，推出不少新菜色。

豆花與嫩豆腐最大的區別是嫩豆腐可以完整切成塊，豆花則不行，豆花也就是北方人所說的豆腐腦。川菜中豆花料理可提供超過二十道以上的菜色，最有趣的當屬蓋碗豆花，客人點了豆花，餐廳服務生會先端來一只碗，接著廚房的師傅拎著一只壺嘴特長的大茶壺出來，在碗中注入淺綠色豆汁，這豆汁是燙的，讓碗靜置在桌上，豆汁冷了，就凝固成豆花了，再加入佐料，吃起來香滑可口，佐料中的脆黃豆配上豆花口感更豐富。

石磨老豆腐是最傳統的菜色，作法簡單，但頗具滋味，以老豆腐烹調，蔥花是不可缺少的佐料，又分家常味與麻婆味；竹筒豆花將豆花放入竹筒內，以香菇和鮮魚鮮蝦提味，分辣與不辣，十分清爽；天府豆花屬麻辣味，但是辣味較輕，由於天府豆花都有加饊子一起食用，菜一上，最好趁饊子未軟前快吃，才能維持饊子鬆脆的口感；御膳豆腐是一道養生料理，以腰子與豆腐烹調而成，吃起來腰花脆爽，豆腐滑嫩；蟹黃豆花顧名思義是香噴噴的蟹黃加上豆花做成，不過爲了增加香濃的滋味，還添加了鹹蛋黃，蟹黃的鮮香和鹹蛋黃的濃郁，佐以豆花的清甜，有濃有淡，有輕有重，成爲絕配；竹蓀口袋豆腐是將竹蓀與豆腐打碎，攪拌均勻後做成近拇指大小橢圓形的丸子，然後放入高湯中烹煮，上桌前淋上芡汁；粉蒸豆腐是該餐廳的特色菜之一，師傅以創新的點子將粉蒸肉的做法用來蒸豆腐，風味十分特殊。

巴山豆腐、神仙豆腐、一掌定乾坤也是風味獨具的豆腐料理。神仙豆腐是甜點，比鵪鶉蛋略小的炸丸子，一咬開裡面立刻流出濃稠的汁液，乍吃之下以爲是煉乳，其實是以豆腐和玉米打成漿，然後經過繁複的加工，外面再裹以雞蛋清，然後油炸成形，上菜時搭配煉乳沾食，不過即便不沾，甜味也已足夠，煉乳提供的除甜味外，還有奶香；一掌定乾坤名字取得相當豪氣，其實就是以豆腐做成熊掌的形狀，這一道菜在成都許多餐廳都吃得到，一掌定乾坤以火腿腸、香菇、各種菌類包在豆腐內作餡料，然後再以鮑汁芶芡，淋在狀似熊掌的豆腐上，可說是色香味俱全，是很有賣相的菜色；巴山豆腐則是將豆腐切片，裡面夾肉，再以韭菜捆起，煎熟之後放入陶罐中，外面裹上草蒸；八珍豆花適合喜歡清淡口味的人，該菜以蛋豆花爲主要食材，佐以百果、蝦仁、大紅豆、青豆等八樣配料調味而成；還有加入酒釀調味的醉豆腐，吃在口裡，酒香頓時泛開。

當然除了豆花和豆腐之外，也要選幾道其他菜色來作搭配，例如麻醬鳳尾，以萵苣的葉子拌上芝麻醬，是成都餐館中常看到的涼菜，因爲菜葉形狀似鳳尾而得名，新鮮蔬菜爽脆的口感搭配芝麻醬的香濃，可謂別樹一格；生拌花生是以花生辣椒爲主要食材料理成的涼拌菜，最特殊的是採用的花生米是生的，滋味又香又脆，口感比炒過的花生清爽；喜食清淡者，燉菜心值得一試，吃起來脆爽，卻沒有青澀味，以油菜最嫩的部分切碎，然後以高湯烹煮，最後勾芡，是一道健康爽口的菜蔬，薄餅碎米雞也是一道可口的風味菜，小雞丁佐以切碎的綠辣椒和芽菜一起炒，單吃下酒，夾在薄餅中吃又成了風味獨具的點心，搭配的薄餅有點像迷你版的臺灣割包；習慣以米飯作爲主食者，應該會喜歡泰米罐罐飯，四川鄰近泰國，所以不少餐廳吃得到香噴噴的泰國米，和一般餐廳裡的大鍋飯不同，罐罐飯是將泰米放入飯碗大的罐中蒸熟，因爲米的品質好，蒸出來的飯自然香囉。

最後再來一道雞汁豆花，柔嫩的豆花放進鮮美濃郁的雞湯中一起燉，吃起來不油不膩，豆花的清淡與雞湯的香濃成爲完滿的組合。另有一款雞湯豆花，湯中豆花不是豆製品，而是以雞肉蓉製成，因其形似豆花而得名，當地人戲說這是料理的又一境界，吃雞不見雞。

火鍋

四川人特別喜歡吃火鍋，不僅是冬天吃，夏天更要吃，因爲四川位居內陸，濕氣重，不論是江邊的重慶、宜賓，或是盆地成都，都屬於多霧地區，所以才有蜀犬吠日之說，四川人相信吃火鍋和吃花椒辣椒都有助發汗，排除濕氣，所以一年四季，四川的火鍋店都是高朋滿座。

四川最有名的火鍋當然是麻辣鍋，四川的麻辣鍋和臺灣最大的不同是花椒，四川產的花椒吃起來夠麻，因此在麻辣鍋中涮燙過的食材又麻又辣，不像臺灣的麻辣鍋辣而不麻。麻辣鍋最早發源於重慶，以前還有所謂的萬年鍋，就是鍋底不換，重複使用，據說特別香，現在因爲衛生觀念普遍，萬年鍋已不復見，而且部分麻辣火鍋店還採用做成井字型的特製鍋子，一起食用的人，可以每人使用專屬的一格，共食人數少的話，還可以將食材分別置入不同格子，以免不同食材的滋味彼此影響，最後成了大雜燴。

皇城老媽是成都最有名的麻辣鍋店之一，皇城老媽原本只是路邊攤，生意興旺，愈做愈大，現在成了數層樓高的大店，不但可以邊吃火鍋邊看川劇變臉表演，樓上還有成都百姓生活古文物的展示，供客人參觀。四川人吃麻辣鍋不但講究熬湯的鍋底，辣鍋加足了香料，白鍋的材料搭配每家都有獨門配方，沾料也是店家展現功力之處，用的麻油要香滑不膩，加一點蒜蓉沾著吃，燙得又香又辣的食材，裹上一層麻油，不但吃起來別具滋味，據說還有保護腸胃的功用。當地人吃麻辣鍋喜歡挑選鱔魚、黃辣丁、鵝腸、黃喉等食材，在當地常見的鵝腸火鍋，其實也是麻辣鍋的一種，皇城老媽還有孔雀肉供食客點選，吃起來肉質的口感比雞肉佳，在成都吃過許多麻辣鍋，皇城老媽的麻油最好，不過價格也算是高檔的。

在成都還有一種串串香隨處可見，其實這也是麻辣火鍋的一種，將各種食材分別穿在竹籤上，放入麻辣鍋中燙熟，即可食用，原本串串香多是路邊小食攤販售，穿在竹籤上可以方便取食，拿了就走，現在串串香以火鍋店的形式出現，相較於一般麻辣鍋更有趣味，價格也比較低廉，不過肉類食材的質量就要差一些了。

相較於四川麻辣鍋，我個人更偏愛貴州的酸湯鍋，酸湯鍋顧名思義吃起來是酸的，屬於苗族的料理，通常要先挑一口好井，取深井中的水，然後加上糯米和玉米，經過約七天的發酵期，再加上木薑子，就成了製作酸湯鍋的酸湯。木薑子是一種野生植物，生長於雲貴高原，少數民族很喜歡使用它，以木薑子製成油，不但氣味芳香，據說還有順氣醒腦的功效。

經過發酵的酸湯要做成火鍋的湯底，還需要加入遵義的朝天椒、花溪的椒中椒、燒青椒等多種辣椒，和黃豆芽、番茄一起熬煮，別以爲加入了多種辣椒，吃起來就一定很辣，其實不會，添加這些辣椒主要是爲了取其特有的芳香，中國大陸嗜吃辣的地區包括湖南、貴州和四川，所以當地有人編了順口溜：「湖南人不怕辣，貴州人辣不怕，四川人怕不辣。」因爲嗜吃辣，所以對於辣椒的選擇十分講究，哪一地產的哪一種辣椒有怎樣的香味，要如何搭配，都輕忽不得。對於怕胖的人，如果敢吃辣，不妨一試，因爲日本研究發現辣椒素可以幫助脂肪代謝，酸湯鍋不像麻辣鍋那麼油，吃起來清爽多了，而且酸湯也有助消化的功效。

貴州的酸湯鍋可以燉雞食用，不過四川人喜歡吃魚，所以酸湯魚在成都比較受歡迎，事實上，酸湯的味道和魚肉搭配起來也比較對味，鯰魚、鰱魚都很適合，怕刺多的人，可以選擇黔魚，現殺的活魚在酸湯中燉煮後，吃起來肉質鮮嫩細滑。當地人習慣的吃法是先喝一碗湯開胃，然後吃魚，吃完了魚，再喝湯，此時湯中有魚肉的鮮味，這時才下其他火鍋料，賣酸湯鍋的餐廳，通常還會提供一些苗族小吃，像是黃粑、糍粑、怪魯飯等。

冷鍋魚是四川人喜食的另一種火鍋，在中國大陸其他省分現在也常見，冷鍋魚是將切塊的魚以辣椒、花椒、薑、蒜等香料爆炒之後，整鍋端上桌，先吃口味香辣的魚肉，然後添入高湯，就又成了另一種火鍋的吃法。

譚魚頭曾經進軍臺灣，現在暫停營業，但是許多喜歡嘗鮮的饕客們已經試過，熟悉的人較多，在此不再贅述，譚魚頭的總店在四川，口味還是最棒，魚頭也最鮮嫩，其實四川人喜歡吃魚頭，將魚頭放入火鍋中食用，是一種常見的料理方式，雖然譚魚頭的名氣大，當地人卻喜歡去黑龍潭水庫吃魚頭，水庫中產的花鰱魚新鮮又便宜。

老鴨鍋是四川人喜歡的另一種火鍋口味，鴨子加上醃過發酵的酸蘿蔔一起熬煮，煮到鴨肉輕輕一撥就骨肉分離，當地人認爲酸蘿蔔加老鴨有食療的功效，可以幫助消化，吃時也是先喝湯，湯裡加一點蔥花，然後才吃鴨肉，再下其他食材，喝起來酸酸的湯中有鴨肉特具的香味，讓人胃口大開，酸蘿蔔軟糯入口即化，是一道大眾化的料理。

羊肉火鍋也是四川常見的火鍋料裡，以簡陽和資陽最有名，簡陽和資陽都是畜養羊的重點縣市，以羊骨添加中藥熬製的湯頭香味濃郁，色白如奶，加入羊肉或羊雜，另可挑選豆皮、白菜、蘿蔔、豌豆尖和野茼蒿搭配，當地人吃羊肉喜歡以芫荽、辣椒末、孜然、蔥花、醬油做沾醬，建議另點豆腐乳或芝麻醬沾食，味道更好。在四川整隻羊都可入菜，羊鞭和羊睪丸不用說了，有些店裡還提供清蒸羊胎，就是尚未出生的小羊胎兒，連同胞衣一起蒸，據說有美容的功效，不過想嘗試需要一些勇氣。

四川人嗜吃火鍋，自然品項眾多，有機會到四川旅遊，若是只嚐麻辣火鍋有些可惜，其他還有不少讓人食指大動的火鍋料理，值得一試。

恐龍來過的地方

由成都驅車往自貢，抵達時已近中午，原以爲鹽井著稱的自貢，應該可以看到許多以鹽幫菜爲主的餐館，鹽井是我在中學教科書上對自貢留下的唯一印象，成都科華北路上的鹽府人家，標榜的就是鹽幫菜，烹調時以各種泡菜調味，館子裡整面牆堆置著大大小小的泡菜罐，透明的玻璃罐裡不但有菜蔬生薑辣椒，還有豬腳雞爪等葷食。沒想到自貢的菜館卻以麻辣鍋爲多，略感失望之餘，決定放棄午餐，直接前往此行的目的地參觀恐龍化石。

大山鋪恐龍化石群遺址位於四川省自貢市東北郊約十一公里的大山鋪鎮旁，是一個一億六千萬年前的中侏羅世恐龍及其他脊椎動物化石的遺址，也是世界上最重要的古生物化石埋藏地之一。一九七七年首次發掘，獲得一具較完整的蜥腳類恐龍骨架，兩年後化石被大量暴露，所以我中學的教科書上還來不及記錄。這一片化石中已定名了恐龍魚類、兩棲類、龜鱉類、鱷類、翼龍類、似哺乳爬行類等十八個屬二十一個種。

出租車來到恐龍博物館，稀落的遊客也讓我略感意外，不過雖顯冷清，逛起來倒是很自在，不會受到旁人影響。據地質考察，侏羅紀時期，自貢這一帶是開闊的濱湖地帶，氣候炎熱，水草豐茂，大樹參天，是恐龍理想的生活場所，而大山鋪又是風平浪靜的砂質淺灘，在此死亡的以及被河水從遠處搬運來的恐龍屍骸，都被淺灘上的泥沙掩埋起來。屍骸地堆積與泥沙的掩埋交替進行了很長時期，再經過一兩億年漫長歲月的積壓，才形成了今天所見的含化石的砂岩層。這樣的說明文字，不慍不火，不見情緒，卻讓我心驚，人生百年，在此遺址前，根本不值一提，更何況絕大多數人，生年不滿百，徒然無休止的陷落愛憎。

恐龍博物館的外型，彷彿一座巨大岩窟，介紹大山鋪的各類恐龍化石陳列在高大的裝架廳裡，可以看到幾副完整的恐龍化石骨架。最吸引人的還是恐龍化石埋藏廳，眾多的恐龍遺骸，所有化石都保持其原始埋藏狀況，如此巨大的生物曾經活躍在地球上，如今卻消失無蹤，想及地球氣候的變化，近日連發的地震，瀕臨噴發的火山，消融的北極冰層，上漲的海平面，杞人憂天的我不禁擔心二十一世紀人類的未來。

悶熱的午後，空氣凝滯，水氣沉重，一種雨要下卻下不來的氣悶感。離開博物館的我們決定去看看鹽井，據說就在三十年前，自貢還可見到不少高塔，是以木頭和竹子搭成的井架，現在都不存在了，燊海井是極少數保留下來的鹽井之一，還可以看到完整的採鹵水和製鹽工藝，當然是作爲旅遊景點保留下來的。燊海井鑿成於清道光十五年，井深一千餘公尺，井架、纜車是用杉木、竹子、竹篾，以麻繩捆紮而成。鹽井中提取鹵水後將其煮乾，便得到鹽，去除鹵水中雜質的方法則是在煮的過程中加入豆漿，也就是用做豆腐的方法將鹵水中的雜質提取，所以在燊海井煮鹽的作坊裡，還會看到黃豆磨。離去前買了幾包鹽，在海島的臺灣，鹽再普通不過了，但那是來自大海，陸地上產的鹽還是新奇的，感覺上似乎沒有海鹽鹹。

雖然元宵已經過去許久了，自貢市區依然可看到大型彩燈，用大陸人的說法，燈會是自貢的另一張名片，因爲「天下第一燈」的稱號而成爲自貢人的驕傲。紙，絹、綢都是自貢的燈材，搭配了玻璃、瓶罐、瓷器、蠶繭、竹編、紮染布料等各具地方風情的製燈原料。龍燈在中國燈會是常見的，但恐龍燈就比較稀奇了。自貢適合燈會的舉行，和其地勢脫不了關係，沿江上行至山坡，高低起伏的地勢，矗立的彩燈錯落映入眼簾，增加了可觀性。

溫度高加上濕度重，實在提不起胃口，加上沒能遇見期待中的鹽幫菜，寧願囫圇吃碗抄手，再來一碟鹹燒白，鹹燒白和梅菜扣肉有點像，不過油炸過的三層肉下鋪的是碎米芽菜，然後放入蒸籠中蒸至軟爛；另有甜燒白，蒸熟的糯米飯拌入紅糖和豬油，然後包入豆沙做餡，上面鋪一層切成薄片的五花肉，每一片五花肉間還要有一層豆沙，是四川常見的甜點，鹹燒白我覺得還不錯，但甜燒白就不大能接受了，豬肉甜著吃，我唯一能接受的只有糖醋里脊。至於麻辣鍋，雖然知道其中的花椒辣椒可以發散濕氣，但因爲遍布大陸每個城市，能見度太高，反而失去了食欲。

自貢街頭碩大繽紛的彩燈，對我吸引力不大，我迷戀的是童年時代小小的折疊紙燈籠，多少次元宵節換蠟燭時不慎引燃紙燈籠，總是哭泣著回家收場，回想起來，連那哭泣也是美麗的。除掉彩燈，自貢於我彷彿記憶之城，消失的恐龍，沒落的鹽井，濕熱的午後裡，步伐因疲倦而遲滯，突然覺得身後尾隨著某種生物，一尾細小如蜥蜴的恐龍，亦步亦趨，翹首凝視，因爲細小，所以得以隱藏。

但是，生命中那些難以隱藏的部分，又當暴露於何處？偶然窺見，徒然增添惶惑。

兔子在四川

說起兔子，像我這個年齡的人，心中大抵都會浮現華納兄弟動畫卡通兔寶寶的模樣，接下來可能還會想起龜兔賽跑的故事，兔子在我們的印象中不僅是可愛的，還是被擬人化的，不同於雞鴨鵝等動物，是被食物化的，所以多年前，我第一次來到四川大足看石刻，同時也看到小吃店的玻璃櫃裡一隻一隻醬兔頭時，的確大為驚訝，也許就像有些老外看到臺灣的東山鴨頭或滷鴨舌時的感覺吧。

由於兔子生長快速，且可以在短期之內大量繁殖，確實很適合作為一種有經濟效益的畜牧動物，以前流行過的兔毛毛衣，摸起來又柔又軟，除了臺灣自產的，還有日本和韓國進口的，穿起來很暖和，臺灣和韓國生產的，兔毛大多染成紅、紫、寶藍和翠綠等鮮豔的顏色，日本生產的則偏好粉紅、粉藍等柔和的色彩，兔毛毛衣最大的缺點是質量不佳的成品，穿上身後容易掉毛，沾得裙子大衣上都是一層薄薄的兔毛。

既然兔毛被用來作毛衣，顯然已經不是將之視為寵物，而是視為經濟生產的畜牧業商品，但是比起把牠吃掉，還是不那麼讓人意外，四川人喜歡吃兔子，和吃雞一樣普遍，中國人說吃在廣州，廣州的吃自古有名，廣東人號稱天上飛的飛機不吃，四條腿的桌椅不吃，在廣州逛市場，看到小販賣貓賣狗，餐館裡有果子狸等野味，蜥蜴和蛇等爬蟲，但是似乎很少看到兔肉料理。和粵菜同爲中國四大菜系之一的四川就不同了，餐館、超市、小吃店、路邊攤都可以買到醬兔頭、拌兔丁、烤兔腿、烤全兔、乾燒兔肉等不同方式料理過的兔子。我覺得疑惑，醬兔頭是沒有耳朵的，兔子的一雙長耳朵可以說是牠最重要的特徵，兔頭不論是經過醬或滷的程序，都是將耳朵去除了，那麼耳朵是不是有其他用途呢？

一日在餐館中看見一道涼菜涼拌折耳根，顧名思義，我猜想這大概就是涼拌兔子耳朵吧，因爲拌兔丁也是一種涼菜，拌法和夫妻肺片類似，大量的辣油加上花椒、花生、蔥、香菜等調料，然後將白水煮熟的兔肉連骨切成丁，和調料拌勻，就成了香麻辣兼具的可口小菜。

爲了滿足好奇心，我和老公鼓起勇氣點了一道涼拌折耳根，送上來後，完全出乎我們的意料之外，料理方法的確和夫妻肺片相似，但是折耳根是一種植物，摘取尖端兩片嫩葉拌食，有點像採茶時所謂的兩葉一心，並不是兔子耳朵。但是我和老公吃了第一口後，都覺得味道相當怪異，只勉強又吃了第二口，確定這道菜的確是有股怪異的味道後，就不再碰它。

後來問起當地人，才知道折耳根就是魚腥草，有清熱解毒的功用，許多人一開始吃都不習慣，但是吃了幾次之後，反而會愈來愈順口，甚至吃上癮了。現在知道原來折耳根是魚腥草，也算是長了一點見識，那麼兔子的耳朵呢？四川朋友聽完我的疑問，回答說那有什麼吃頭，或者就因爲如此，在四川看到的各種兔子料理都沒有兔耳朵，就連臘兔子，一整隻兔子獨缺耳朵，將前後肢分別朝前後拉直，醃過風乾後的臘兔子因爲少了耳朵，看起來活像一隻來自侏羅紀的小恐龍，很適合放在自貢恐龍博物館當伴手禮販賣。

乾燒是川菜的一種料理方式，加入大量的辣椒、花椒、蔥、薑、蒜一起燜燒，有點接近臺灣的三杯料理，但是少了三杯中的甜味，而且更辣，除了乾燒兔之外，還有乾燒魚和乾燒牛蛙，爲什麼不選擇雞或鴨呢？其實吃了兔肉後，會發現兔肉不但味道鮮美，而且肉質有彈性，口感絕佳，難怪四川人愛吃兔肉。

其實，不僅是四川人愛吃兔肉，臺灣也有三杯兔肉，法國南方的鄉村菜系中，則有燉兔肉，以多種蔬菜和香料燉煮兔肉，兔肉燉得軟爛，肉汁和蔬菜汁融入濃濃的湯中，吃完兔肉和青菜後，還可以用麵包沾肉湯食用，看來想要享受美食，有時最好能捐棄成見，對萬物一視同仁，暫時忘記小白兔毛茸茸的可愛模樣，就能安心享受兔肉的鮮美滋味了。

南寧兩日

並不是夏天，陽光下的南寧卻有攝氏三十幾度，穿城而過的邕江，在陽光曝晒下，蒸騰起一片氤氳，薄薄的霧浮在江上，蒸騰水氣中，我們發現走錯了路。

本來我們是去湛江訪友，順道去北海看看號稱中國第一的銀灘，這兒玩兩天，那裡逗留三日的，要返回成都時，才知道旅遊網站上北海飛成都的班機只有旅遊旺季才飛，於是我們臨時改搭巴士至南寧，另訂機票返成都。既然來了，當然要逛逛南寧，才能安心。我們決定去青秀山走走，然後犯了一個在中國大陸旅遊時，時常犯卻還不知悔改的錯誤，那就是青秀山比我們估計的要大，行道標示又不夠清楚，我們在南寧八景之一的青秀山走錯了路，失去樹蔭的庇護，暴露在灼熱的陽光下，沿江而行，心裡猛想著空調房間和冰檸檬茶。

一條岔絡走錯，直走了半個多小時，總算有一輛出租車和我們在人跡罕至陽光燥烈的江邊公路相遇，經過了戶外高溫明亮的午後，回到市中心的南寧飯店，喝下一杯冰涼的漓泉啤酒之後，才算是回過神。想起午飯沒吃，該點個南寧特色菜檸檬鴨來配啤酒，切塊的鴨肉在鍋裡油熱後先炒至半熟，然後置入酸薑、檸檬汁、蒜末、辣椒和芹菜絲等續炒至鴨肉全熟，吃起來酸鹹微甜，酸味是廣西菜的特色，醃泡過的酸薑、酸蘿蔔、酸菜、酸梨泡在缸裡，既是涼菜也是零食。

這一回到南寧並不在原本計劃的行程裡，反而逛得更隨興。前幾天我們在湛江，那是大陸最南方的一座海港，與海南島相對，蘇東坡前往海南島時曾和弟弟在此作短暫停留，市裡的一座湖因此而留名。行前，朋友問我去哪，我開玩笑說，中國的邊陲，聽說的人首先出現在腦際的幾乎都是青海新疆，沒有人認爲廣東也是邊陲，反映出很有趣的自我中心思想，我們講的遠近總是就自己所在的位置來看，對湛江人而言烏魯木齊夠遠的了，但對烏魯木齊人而言，湛江之遙何嘗不是天涯海角。姑且不管相對於中國東南的湛江，西北的烏魯木齊人怎麼想了，就是對出生在四川，在杭州作過官的蘇東坡而言，湛江也夠僻遠，偏偏到此海角，以爲已到陸地邊緣，卻還得渡海到雷州半島對面孤伶伶漂蕩在汪洋裡的海南島，他的領導人眞是夠狠。

現在的湛江卻是一座適合等待老去的城市，氣候溫暖，可以住在有海景的濱海大廈裡，市場上隨時有新鮮海產，和其他廣東城市一樣有各式精美點心的早茶和晚茶，唯一美中不足的是湛江機場每日起降的班機卻寥寥可數，抵達那天，我們領完行李，即聽機場地勤工作人員喊著下班了，那時是上午十一點多，我們坐上攬客的出租車去市區酒店時，才知道那一天要到天黑才會有下一班飛機飛抵湛江。爲了離開湛江前往成都，與其轉機，不需要趕時間的我們，索性沿路玩回成都。

於是，在遊過北海之後，我們來到了南寧。

南寧市乍看儼然是座現代化城市，高聳的建築，陽光下閃爍的玻璃帷幕，天黑之後，中山路美食一條街正熱鬧，明晃晃的燈下食客們摩肩接踵，生意好的攤子，得有耐心等，才能有張臺子。著名的老友麵就是大排長龍，這是南寧特色小吃，熱騰騰的麵條，吃起來鮮香微辣。燒烤大排檔的炭烤蒜茸生蠔滋味鮮美，其他還有烤排骨、雞翅、鵪鶉等，和北京、四川、新疆等地的燒烤不同，廣西的烤肉滋味微甜。喜歡海鮮者有蔥油炒蟹和椒鹽瀨尿蝦，小吃可以嘗試鮮肉雲吞，湯以紫菜蝦皮調味，除雲吞外還有彈性極佳的肉丸一起搭配食用。一趟夜市走下來，胃已經撐滿，但依然意猶未盡，只好打包帶回旅店，稍事休息後繼續吃。

雖然當過多年的旅遊記者，但是世界之大，可遊之處委實太多，舊地重遊往往需要機緣，所以每到一處總想著也許就此一次，於是盡量看盡量吃，心貪得不得了，彷彿這一回錯過，就會有一輩子遇不到的惆悵，爲了減少遺憾，即使吃飽了，還是忍不住大肆搜刮，心想淺嚐即止，偏偏小吃往往特有滋味，一想到以後吃不到，就更捨不得不吃了，這樣的心情完全不亞於想多看一處景。

在南寧逗留的兩天，正是菠蘿蜜上市的季節，水果店的女孩剝開菠蘿蜜，一股特殊且濃郁的氣味彌漫在空氣中，喜歡菠蘿蜜的人會覺得濃濃的果香十分誘人，正提醒著果肉有多麼柔軟香甜，但是對於不喜歡的人，那可就是異味了。和外表碩大堅硬多刺的菠蘿蜜相比，同時上市的還有兩種大異其趣的水果，楊梅和櫻桃，都屬於產季短又嬌嫩的水果，楊梅色澤深紅，櫻桃卻是鮮豔的朱紅，揉合了橘紅，和美國加州或智利進口的櫻桃完全不同，美國櫻桃果實大若李，顏色深，是酒紅色，和中國古代花鳥畫中的櫻桃色澤不同，沒見過中國櫻桃前，我曾疑惑古人所說的櫻桃小口，若是美國櫻桃般的嘴放在古典美女臉上，似乎太豐潤狂野有失含蓄，直到見過中國小巧的櫻桃，才明白中西品種有所差異。

櫻桃不禁晒，路邊小販用大張芋葉蓋在櫻桃上，希望爲櫻桃留住一點清涼，小販說，櫻桃是上午才摘的，很新鮮，只是太陽實在太大，櫻桃晒了一上午，都蔫了，我買了一斤櫻桃，看著眼前賣櫻桃的婦人拿起杆子秤，她心疼櫻桃被晒蔫了，卻不在乎陽光在她臉上留下的痕跡，她黝黑粗糙的雙手正在稱櫻桃，和嬌嫩的櫻桃形成強烈的對比。

午後，我們來到廣西藥用植物園閒逛，隨意瀏覽標示牌上的解說，中醫採用的藥材太龐雜，實在不是一般人所能理解，乾脆單純欣賞植物枝葉姿態，遇到花朵綻放，就更要稍停腳步，拍幾張照片，原來藥用植物也具觀賞價值，雖說良藥苦口，但是視覺上的美感卻不遜色，主要還是因爲神農嚐百草之後，古老的中國人發現諸多植物都可入藥，這一項傳統文化，如今卻快要被韓國人所掠奪，他們不單聲稱孔子是韓國人，中藥也是韓國人的一項絕學。

參觀完藥用植物園，當晚就在市區餐廳裡吃到了辣椒葉和枸杞葉，清炒之後，竟然也十分可口，搭配煲湯天麻豬腦和川七烏雞，我猜想有明目醒腦、補血益氣之效。煲湯野菜美味爽口，小吃也還是要吃的，炒粉蟲是南寧另一道特色小吃，一般河粉是攤成一張薄皮後切成條或炒或煮來吃，粉蟲則是搓成兩頭尖尖的圓柱狀，其形如蟲，所以叫粉蟲，吃起來比河粉有咬勁。米粉製品是廣西重要主食，除了湯粉炒粉外，還有卷粉，現場舀一勺米粉在鍋上，立刻熟成粉皮，掀起後裹上肉末或酸豆角蘿蔔干等素餡料，淋上酸鹹甜辣不同滋味的醬料，比粵式腸粉吃來扎實，雖然沒有叉燒腸粉鮮蝦腸粉精緻，但另有一種樸實的滋味。

廣西屬邊陲，因爲地利之便，和越南的往來頻繁，這幾年更和泰國、馬來西亞有頻繁的貿易往來，少數民族和邊境特有的異國風情讓廣西的情調更豐富，這多元文化也反映在飲食之中，讓人意猶未盡。南寧兩日，在熾烈陽光下兜兜轉轉，意外的旅程有時也會留下讓人驚喜的記憶。

重回廣州

清明剛過，穀雨未至，我第四次來到廣州，距離第一次到廣州，已相隔十餘年，除了沙面，其他地區變了很多，至於沙面可能因爲原本是租界，歐式風格的老房子有歷史價值，反而沒什麼大變化，只多了幾塊外國連鎖咖啡店的招牌，就像今天喝早茶的第十甫路，以及鄰近的上下九街，因爲保留了廣州西關早年的街景，而被規劃爲步行街，街上的老房子也得以保存。

十一年前第一次來廣州，是因爲丈夫工作的外商公司安排他暫時轉調廣州分公司支援，緊鄰當時尚屬英殖民地的香港，廣州成爲許多外資企業探入大陸內地的第一步。我隨他來玩了半個月，天天住酒店，早上老公上班後，我獨自去喝早茶，那時咖啡店在廣州還很少見，空氣中彌漫著一種香甜卻又微嗆的氣味，聽說那是燒煤球熬粥融合起來的味道，熏人的是燒煤球的煙，香甜的是米粥。九〇年代的廣州正積極修築地鐵等諸多現代城市所擁有的建設，許多老房子上都寫著「拆」，紅色的油漆寫成的拆字外圍還標示重點般的畫了一個圓圈，成爲許多外國人來到中國後認識的第一個中文字，老外問怎麼念，當地人教他，和中國的英文一樣啊，China，拆哪！

十餘年後的廣州已是另番景致，晚上遊珠江，燈火閃爍，雖然沒有香港維多利亞港燦爛，沒有上海外灘繁華，但另有一種含蓄寧靜的美，三層迭起穿梭的立交橋，訴說著這城市忙碌的另一面，如今有時間喝早茶的都是上了年紀的人。

我們原要去陶陶居飲早茶，上午八點半，陶陶居已是人聲鼎沸，只能和人併桌，於是我們轉至斜對街的蓮香樓，要了一張小臺子和一壺鐵觀音，點了蘿蔔糕、鮮蝦香茜餃、咖哩牛肉酥、腸粉捲油條和順德鯪魚球，點心果然做得好，蘿蔔糕吃得到蘿蔔絲，且入口即化，若有若無的蘿蔔絲柔軟而多汁；咖哩牛肉餃餡濃滑皮香酥，卻一點不膩口；鮮蝦香茜餃有一股獨特的香味，出乎意料的好吃，接下來在廣東的幾天，不論吃早茶午茶夜茶都會點各種含有香茜的點心，竟然都沒讓我們失望，別名香茜的芫荽，我原本並不特別喜歡，作成點心的香味卻獨特且耐人尋味；鯪魚球很有彈性，魚肉打得夠扎實。早茶點心吃得舒服，茶喝得清潤，感覺上一整天都順心。

漫步上下九街，街邊小店以販賣衣鞋飾品配件爲主，幾乎家家都在拋售，店裡商品確實價廉，式樣看起來也時髦漂亮，至於質量就不知道了，反正現代人喜新厭舊，耐用也算不上長處，我挑了幾樣小配件，有購物的逛街和沒有購物的純逛街，心情上完全不一樣，後者固然優閒，然而因爲無所求，難免也無所獲。前者則隨時湧現見獵心喜的興奮，而且實質上的擁有也暫時得到虛榮的滿足。

上下九街連接廣州玉市，玉市由幾十家小店組成，玉飾自然是大宗，也有珊瑚、水晶和養殖珍珠，看得人眼花撩亂，選玉是大學問，玉市裡價廉者買來反正只是好玩，價昂者也有可能是贋品，或是價不符實，喜歡買玉的朋友常將自己上當買貴比作交學費，我自認眼力不行，也缺乏天分，無意學玉石世界裡的浩大學問，只要自己看了喜歡，覺得值得，就別去理會買貴了還是便宜了。

街邊少不了小吃攤，賣些咖哩魚蛋，蒸燒賣串，瀨尿牛丸，牛雜之類的小吃，還有西關鹹煎餅，金黃色的餅說是煎，我覺得更接近於炸，茶碗大小，做得好的形狀像綻放的花朵一般，很平民化的點心，沒有蛋塔的花俏，沒有蓮蓉包的甜糯，咀嚼起來另有一番滋味。

去年秋天，我陪母親遊廣州，一九四九年母親從青島一路南下廣州，當時還只是初一學生的她隨著學校撤退，由廣州搭船至陌生的臺灣，廣州是她在大陸的最後一站，他們背著行李，走過海珠橋，年幼的她已經走不動了，眼看著同學們一一從身邊走過，超越了她的步伐，她落在後面，終於連同學的背影也看不見了，她一個人背著沉重的行李，自暴自棄的坐在海珠橋上哭了起來，她走不動了，不管學校要往哪裡走，她都走不動了，也不知道哭了多久，一位發現她不見了的同班同學回頭找她，見她坐在橋上哭，沒多言語，默默背起母親的行李，拉著母親繼續往前走，來到學校暫時停駐的所在。五十七年後，七十歲的母親站在海珠橋邊對我說：「原來同學們就在前面不遠處，拐個彎就到了，我卻不知道，只覺得沒法繼續走下去了，如果沒人回頭來找我，說不定我眞的就流落在廣州街頭了，後來會是怎樣，根本無從想。」

母親向開車載我們來的司機講述五十七年前的往事，這回陪母親來廣州，已經是第三回經過海珠橋，母親特意請司機停車，她想下車看看，橋已經不是當年那座橋，橋邊的街道建築也全都變了樣，七十歲的母親望著跨越珠江兩岸的大橋，心裡依然藏著一個十三歲就離家的小女孩，那個小女孩離家後，就再也回不了家。

小時後每逢生病，向媽媽發脾氣撒嬌，媽媽常會摸著我散亂的辮子說：「我離開家的時候只比你大一點。」這句話說著說著變成了「我離開家的時候就像你這麼大」，「我離開家的時候還沒有你這麼大」，母親看著我，想起了身邊沒有媽媽的自己，在她給予我的疼愛裡，她更清楚看見自己失去了什麼，更讓人痛心的是這一失去，就再也沒有機會重獲。

母親的十三歲留在了海珠橋上，我們的青春歲月無可避免的在不知不覺間四處散落。

一九四九年，我的父親母親，以及公公婆婆，曾經同時來到廣州，當然當時的他們彼此不相識，如果他們其中有任何一個人留在了廣州，沒有來到臺灣，就不會有日後我和丈夫同遊廣州。走在街上丈夫回憶著十幾年前的廣州，改變之快都已經讓人覺得失了憑據，更何況母親五十幾年前的回憶。

晚上我和丈夫到杉木欄路的友聯菜館吃飯，中國人說吃在廣州，眞是一點沒錯，我們只要有機會到訪廣州，還沒出發，肚子裡的饞蟲就迫不及待躍動起來。

友聯的清平雞號稱廣州第一雞，雖然菜館陳設簡單，整整三層樓兩家合併店面卻座無虛席，幾乎每一桌都有碟清平雞，於是我們也點了四分之一隻，眞的又香又嫩，西洋菜魚滑也十分清爽可口，西洋菜又名豆瓣菜，是我到廣東必吃的青菜，據說有清熱潤肺的功效，很適合在廣東濕熱的氣候裡食用，清炒煮湯均美味可口的西洋菜在廣東各市是和青江菜空心菜（廣東人稱空心菜為通菜）一樣尋常的青菜，奇怪的是在其他省市卻鮮少看到。店家另推薦香燒桂花紮，蜜汁口味，在鵝腸裡灌入肉和火腿，是一道特別的菜。唯一美中不足的是吊燒乳鴿滋味平平，也不是說不好吃，只是不如清平雞讓人驚喜，不過這樣說，顯然也有失公允，友聯的招牌菜本來就是雞，不是乳鴿，硬拿來比較，有無事生非之嫌。

母親對廣州印象最深的卻是菠蘿，當然，即便是以美食聞名的廣州，在離亂歲月裡，貧窮的流亡學生連吃飽都很困難，更不會有機會嚐到講究的粵菜，能吃到北方沒有的菠蘿，那酸甜濃郁的滋味，已經讓想家心切的小女孩暫時破涕爲笑。處在亂世臨界點的廣州，上演著密集的悲歡離聚，時移事往，許多遺憾都錯失了彌補的機會，一晚，我在電視上聽到一首歌：「借水還山，借地還天，借離別還相見，借月缺還月圓。」眞希望人世能有如斯的借與還，讓不息的思念有安放的位置。

第四次來到廣州，第四次離開廣州，吃了一碗鮮蝦雲呑先充作早餐，在中國酒店對面搭巴士去白雲機場，我想起十年前陳舊狹小的機場候機樓，如今已成爲寬敞明亮的現代化建築，巴士窗外刺眼的陽光，卻讓我看不清亮晃晃的廣州市，記憶只能在古老與嶄新的樓群間糾結蔓延。

皮蛋與人生

據說皮蛋好不好吃，和醃製的時間有很大的關係，醃製二十八天到三十天是最恰到好處的，蛋清口感有彈性，如果凍般，蛋黃則是溏心的，滋味香濃潤滑，時間短了皮蛋凝結度不夠，時間長了又容易乾澀。

其實不止是皮蛋，許多食物的滋味都和時間有關，先不說加工過的食物，單說食材的挑選，也有明顯的季節性，瓜果蔬菜不用說，雞鴨魚肉也有季節性，鴨和鵝在清明和重陽前後最好吃，文蛤蟶子瀨尿蝦在春季最肥美，魚則是鄰近產卵期前最好吃，此時的魚肥碩結實，肉質中穀胺酸升高，所以味道特別鮮甜。

想想人生中許多事也是如此，十幾二十歲當努力求學，二十幾三十歲不妨談談戀愛，尋找人生伴侶，四十幾歲家庭事業逐漸進入穩定期。年輕的時候，父親就告訴過我，人生當做什麼事的時候就做什麼事，錯過了時間再想做，不但困難加倍，做起來味道也不對了。偏偏我在四十歲了才又想起念書，好友J在四十歲時則惦記起該談戀愛，等我終於從學校畢業時自覺折騰得狼狽不堪，而J依然在失戀中積累別人二十歲時就已經明白的道理，我們都在絕佳時間流走後才想起要做當時錯過的事，難免力不從心，事倍功半。

正確的時間做正確的事，不但效果好，所投注的時間和收穫也成正比，當年父親告誡我的話，現在我也提醒著學生，認清階段性任務，時間長短也要掌握恰當。好比讀書，大學讀四年，回想起來特別使人眷戀，要是讀六年還不能畢業，歹戲拖棚只會使人不耐煩。談戀愛也一樣，適合的對象在恰到好處時計劃結婚，不適合的對象在恰到好處時準備分手，才不會徒生怨尤，適合的拖久了可能失去結婚的衝動，終至不了了之；不適合的拖久了往往憤恨倍增，終至反目成仇，朋友也做不成。有如醃製過久的皮蛋，失去原本的嫩滑，只剩下難以下嚥的乾硬。

喜歡甜品的人，大概都知道核桃酪、芝麻糊好不好吃，選料之外，就看火候了，火候的掌握又和時間脫不了關係，煲湯的時間要足，炒青菜則要火大手快，各有不同，掌握得宜，才能盡得美好滋味，料理如此，人生又何嘗不是？

圍桌吃烤鴨

朋友相聚吃飯，烤鴨是我最喜歡的選擇之一，四五好友圍桌而坐，先來幾道小菜開胃，邊吃邊等熱騰騰的烤鴨出爐上桌，眞過癮。可惜現片現吃的烤鴨得用餐人數夠才適合享用，而且需要提前預定，現代都會最常見的兩、三個人一通電話臨時相約吃飯，就與烤鴨無緣了。

中國人是全世界最擅於吃鴨子的民族，烤的，燉的，炸的，燒的，油淋的，燜的，各地有各地不同的吃法，務必要讓鴨肉香嫩多汁，且豐富多采。其中最有名的當屬北京烤鴨，北京烤鴨的做法源於山東的燜爐烤鴨，我們熟知的北京烤鴨則屬掛爐烤鴨，所謂燜爐和掛爐最大的差別，就是前者鴨身不接觸明火，爐門關閉，完全靠爐內的高溫將鴨燜熟，所以烤爐要預熱，以超過攝氏兩百度的高溫將鴨烤熟，而掛爐烤鴨的爐門是敞開的。

烤鴨前先將鴨身吹脹，然後在鴨身內灌水，水約三分之二滿，鴨子置入烤爐後，高溫會使肚內的水沸騰，讓鴨肉熟透卻不乾澀，鴨皮香脆不油膩，因爲高溫爐火會將鴨內的脂肪逼出，滴在燃燒的木材上，讓烤鴨的爐火更旺。烤鴨選用的木頭也有講究，棗木最佳，搭配蘋果木、梨木、桃木等有果香味的木料，可以讓烤出來的鴨肉帶有果肉的清香。鴨子烤好後，師傅會在客人桌邊現場片鴨，片鴨的手法要快，這樣客人吃時，鴨肉才能保持熱騰騰的溫度，鴨皮也不失香脆，依傳統師傅要將烤鴨片成一百零八片，據說一隻烤鴨均勻片成一百片左右，大小最適宜，衍生成一百零八的數字自然是受了章回小說《水滸傳》的影響，片下來的烤鴨分成皮、肉、皮肉相連三種，以荷葉餅捲鴨肉，搭配切成絲的大蔥和甜麵醬一起吃。正宗的北京烤鴨對於配料也是十分講究的，蔥要選最好的山東象牙大蔥，吃起來香脆多汁，甜麵醬則要加入適當比例的糖和水拌炒過，吃完烤鴨，再來上一碗以烤鴨骨架熬製而成濃白色的鴨骨湯，才算畫上完美句點。喝酒的人，還可選擇將一半鴨骨切塊，搭配蔥蒜辣椒酸菜大火快炒，很下酒。

我旅行澳洲時，曾在坎培拉一家生意不錯的中餐廳裡吃到北京烤鴨，菜單上將之列爲前菜，一份就是一張薄餅兩片鴨肉，黃瓜絲取代了蔥絲，可能是配合外國人的口味，甜麵醬不變，據說很受歡迎。爲了方便客人點用，將傳統須整隻烤鴨現烤現片現吃的方式改成一卷一卷單賣，固然比較適合個別客人點餐，但是也少了許多吃烤鴨特有的趣味，以及得約上家人朋友共享的情味，而且烤鴨是烤好後先行片開的，鴨肉的溫度和鴨皮的脆度也遜色了不少。後來在北京全聚德竟然也見到單卷賣的烤鴨，讓我十分詫異，我問服務員先片下的烤鴨不會冷了嗎？她回答上桌前會用微波加熱，我的詫異更深了，吃是一門藝術，想要方便享用個人卷餅者，讓他去肯德基一樣有雞肉卷餅可吃，那是快餐業者的責任，名聲顯赫的全聚德實在不必遷就，讓客人吃微波過的烤鴨。

十幾年前，北京人藝到臺灣演出，當時同行的還有全聚德的師傅，在臺北和悅賓樓的師傅比手藝，也算是一種宣傳手法，如今全聚德聲勢看漲，尤其二〇〇八年北京奧運在即，國際媒體的眼光已開始聚焦北京，奧運賽還沒展開，奧運賽場的報導已經出現了不少，兼及北京紫禁城八達嶺長城等名勝，還有時常出現在國宴裡的北京烤鴨。此前，全聚德還應香格里拉飯店的邀請來過臺北，除了推出名聞遐邇的北京烤鴨，另有全鴨宴，全聚德負責人如數家珍介紹世界各國領袖到訪北京時偏愛哪一道菜，我的心裡卻直牽掛悅賓樓的寂寞，我依然愛吃臺灣的館子做的北京烤鴨，融合了成長的記憶，紮著兩根小辮子的小女孩，曾經坐在爸爸媽媽中間，學著用荷葉餅卷起鴨肉，芳香四溢的臺灣北京烤鴨，在我的心裡，絕對不比北京的北京烤鴨遜色，但是在國際舞臺上卻寂寞了許多。

由於特殊的時代背景，使得臺北同時存在著各系中菜，川湘浙粵外，京菜也占一席之地，其他美味的異國料理也是應有盡有，臺灣人在吃這一門藝術上，可說是在極其豐富的氛圍中耳濡目染，得天獨厚。鴨肉經臺灣小吃料理出的滋味也毫不遜色，從西門町的鴨肉扁，到饒河街的鴨肉羹，臺灣小吃和北京國宴各具吸引力。一座成熟且具有文化底蘊的城市，應該有足夠能量保存既有的飲食風貌，同時吸引更多不同的好味道進駐，而不是讓原有的美食流失，甚至消失。

火候足時肉自美

中國人吃豬的歷史相當久遠，早在商朝豬肉已是盤中美食，漢人吃畜養的家豬，原住民吃捕獵的野豬，說起豬肉入菜，最有名的當屬東坡肉，蘇東坡因烏臺詩案，被謫至黃州時曾寫過〈豬肉頌〉：「淨洗鐺，少著水，柴頭罨煙焰不起。待他自熟莫催他，火候足時他自美。黃州好豬肉，賤價如泥土，貴者不肯食，貧者不解煮。早晨起來打兩碗，飽得自家君莫管。」

東坡肉是中國名菜，在杭州和四川都吃得到，因爲四川是蘇東坡的故鄉，他又在杭州做官，但是他創作東坡肉的黃州，也就是現在的安徽，並不特別常見這一道菜。蘇東坡是四川人，而四川自古有天府之國的美譽，揚雄寫〈蜀都賦〉，不僅詳述蜀地富饒的物產，也提到了川菜料理的特色，可見當時川菜的烹調技術已經發展得很考究了，料理是一門藝術，需要日積月累才能精益求精，因此到了黃州的蘇東坡，仕途不得意，日子還是要過，便自行研發出了東坡肉。

著名的東坡肉選用三層肉，和四川極爲普遍的鹹燒白相似，不過前者是紅燒，後者是蒸菜。另外，四川的豆製品豐富，除麻婆豆腐和各式豆花外，腐竹紅燒肉也是既營養又美味的。至於豬排骨，現在更是最大眾化的食材之一，成都人喜歡吃排骨，粉蒸排骨是最常見的小菜，館子裡有，路邊攤也有，小蒸籠一個架一個，排骨下鋪著一層地瓜，火候蒸足了，地瓜比排骨還好吃，大約是從粉蒸排骨發展出來的，蒸菜本來就是川菜中一個重要品項，館子裡還有荷葉綠豆排骨、糯米排骨、粟米排骨。顧名思義，荷葉綠豆排骨是在排骨外面裹一層綠豆和糯米，然後包上荷葉，蒸熟後綠豆糯米有著荷葉的清香和溫暖的肉香，吃起來糯軟柔滑，而排骨則是熟爛不膩，吃起來細糯香滑，稱得上老少咸宜。

至於糯米排骨則是在蒸籠裡鋪上糯米和排骨一起蒸熟，糯米飯吃起來香軟又不失彈性，可以作爲點心，也可以作爲主食，武侯祠大街的神仙豆花莊料理的糯米排骨，糯米吸收了豬肉油脂，吃在嘴裡香Q有彈性，排骨則軟糯不油膩。粟米排骨是以粟米取代糯米，不過前者糯米是主角，排骨是配角，後者則相反，排骨是主角而粟米是配角。

由蒸排骨繼續發展，又有挑選肋排中最鮮嫩的部位，將整塊大肋排蒸熟後，或油炸或燒烤，上桌前再加上油酥，吃起來口感柔軟，外酥內嫩，成都的滿園春餐廳特取名天下第一排，肋排大小和美式餐廳的燒烤肋排相仿，搭配佐食的還有鴿蛋大小的油炸馬鈴著，分量很足，可供四人食用。

說到豬肉在川菜中扮演的角色，不能不提到回鍋肉，回鍋肉是川菜系中極爲家常的一道料理，每家餐廳都吃得到，蒜苗回鍋肉和高麗菜回鍋肉最普遍，比較特別的還有酸豇豆回鍋肉，有些餐廳的回鍋肉還提供鍋奎，讓客人夾著吃，吃起來更具風味。由於回鍋肉用的都是三層肉，而且常是肥多於瘦，不敢吃肥肉的人，可以改點鹽煎肉，做法和蒜苗回鍋肉相同，但是以瘦肉取代三層肉，雖然因爲缺乏油脂滑嫩度遜色了不少，但是口感緊實的瘦肉，可能更符合現代人的飲食要求。

中國大陸現在還有人故意將母豬放養山中，引來野豬配種，生下的混種小豬，據說肉質特別鮮美，可惜四川沒有，尚未有機會吃到此混種豬肉。

串起炭上繽紛燒烤

結束了一天的工作，喝一杯冰啤酒，配上幾串烤肉，是一大享受，這種享受是習慣精緻食物的人難以領略的，沾上醬汁的烤肉散發出濃濃的香味，那香味融合了肉香、炭香和不同的香料氣味，在粗獷中透露出閒散，雖然難登大雅之堂，但卻讓人從心底覺得舒服。

臺灣夜市中常見烤肉攤，攤上擺著雞腿、雞翅、雞肝、雞心、別稱七里香的雞屁股、培根捲蔥、牛肉串、豬肉串，青菜類則有香菇、玉米、青椒和茭白筍，這樣的烤肉攤，從都會區的住家巷口一直到墾丁或知本等風景區路旁，都可以見到。材料先醃過，雞腿之類不易烤透的材料，先處理至熟，然後邊烤邊塗醬料，以炭火的溫度，將醬料中的各種滋味和烤肉混合，喜歡吃辣者，老闆會另塗上薄薄的辣椒醬，或在離火前灑上辣椒粉，爲了增加香味，還要灑上芝麻粒，起爐後再噴一層檸檬水。

烤肉串這種尋常小吃，不僅在臺灣常見，在日本更有相當的歷史，一家家串燒屋容納著結束工作的人們，北起北海道，南至琉球，到處可見。日本人吃串燒，燒烤的材料更多了，除了前述幾項，還有牛舌、雞皮、豬腸、豬肝，蔬菜類有大蒜、銀杏，更特別的是還有炸串燒，雞肉丸、豬肉丸、牛肉丸和蝦卷，與烤串燒吃起來又有一番不同滋味，更加鮮嫩多汁，雖然是油炸的，但是吃在嘴裡並不油膩，且因爲少了醬料，呈現一種在單純中又體現出繁複的口感。

日本人吃串燒，除了配啤酒，也喜歡配燒酎、清酒、威士忌水割、可爾必斯和各種沙瓦，琉球人則常搭配泡盛，泡盛也是一種米酒，和燒酎同屬蒸餾酒，所以酒精度較高，約在二十幾度至三十度，當然也有更高的，但三十度上下是最常見的，燒酎除以米釀成，也有以麥或玉米等不同穀物釀製，喝起來口感爽冽，並不辛辣，不論冰飲熱飲均可。旅行東京時，曾經喝過一種添加了紫蘇的燒酎，淡淡的香味，很適合女性。

日式串燒在臺北也可見，秋吉串燒和山喜屋是我個人比較偏愛的，師傅烤肉串時會準備兩種不同火候的炭爐，先以大火將肉的表層烤熟，同時將肉汁封在其中，然後再以小火燒烤，讓肉的內裡燻烤熟，如此一來肉串的表層微焦，內裡卻還很鮮嫩，肉吃起來外脆內嫩，每一口都有更豐富的口感。

日式串燒的醬料不像臺灣夜市中使用的那般濃稠，所以更吃得出肉的質量，曾經在北海道的串燒屋吃過鮮嫩無比的神戶牛肉，一塊塊麻將牌大小的牛肉，三塊串成一串，咬開來不見血，濃濃的肉汁咬起來完全感覺不到肉類特有的纖維感，配上燒酎一起吃，不論冬夏，都有解憂去煩之效，世間有如此美味，且讓我有機會大啖，串燒屋外的事情，誰還想理它？難怪日本人特別偏愛牛肉。

日本的串燒屋，面積不一定要大，但一定要有吧臺，師傅在吧臺裡料理，客人可以看見師傅怎麼烤，不過由於通風經過設計，所以客人並不會覺得油煙彌漫難受，暈黃的燈光和熱心開朗的跑堂也是串燒屋所必備，再來就是一牆壁的酒，曾在琉球的串燒店看到四、五十種泡盛，任君選擇，老闆還將空了的泡盛酒瓶堆在店牆外，連過往路人也感受到酒意。

北京人也愛吃烤肉串，王府井大街上一連好幾個烤肉攤，可以拿在手上邊逛邊吃，烤羊肉串在中國大陸是最常見的小吃，不但北京小吃街上多，其他許多城市如上海、青島、南京也都有，北京的烤羊肉串特別大，除了醃肉的醬料，還灑上來自新疆的香料孜然，烤羊肉串原是回族小吃，有人說使用香料是爲了調和羊肉特有的羶味，其實好的羊肉並不羶，烤時還不明顯，涮著吃的羊肉有一點點羶味也吃得出，我吃過北京東來順和能仁居的涮羊肉，筷子夾著切得極薄的肉在清湯裡涮幾下，肉片呈粉紅色就可以入口，吃起來一點也不羶。

北京人吃烤肉串顯出北方人特有的豪邁，一枝北京烤肉串的份量大概可抵七、八枝日式串燒，而且北京人一吃就吃好幾串，其實不只是北京，在上海時，老公常在晚餐後去買羊肉串，作爲消夜零嘴，通常一次買十串，我們兩人吃足夠了，上海的烤肉串比北京的小很多，大約只有其四分之一吧，烤肉店的老闆大概忍了很久，終於忍不住問老公，十串有什麼吃頭，他的客人一個人吃二、三十串很平常的。北京人吃烤羊肉串喜歡配啤酒，就在路邊，邊吃邊聊天，是年輕人的消遣，也許因爲北京氣候乾燥，雖然天氣冷，但是啤酒卻很受年輕人歡迎，我在那裡喝過燕京純生，比臺灣喝到的燕京啤酒好喝許多。

昆明因爲回族多，在鬧區有一條小街聚集著一家接一家的清眞小吃店，幾乎全在店門口擺著爐子賣烤肉，以牛肉爲主，從牛舌、牛肝、牛腰到牛的喉管都有，有些攤子也有烤魚，價錢很便宜，一串換算成臺幣還不到三塊錢，但是不論烤的火候或是口味都無法讓人滿意，甚至有些店家是以瓦斯爐燒烤，而不是炭爐。過去旅行的經驗，當地傳統小吃常是人間美味，昆明的過橋米線就好吃的不得了，因此我不死心的又去清眞街上不同的烤肉攤買烤肉串來嚐，一家只買兩串，和老公兩人分頭進行，再湊在一起比較，結果肉串滋味鹹味太重，壓過其他各種味道，而烤肉的火候如果全熟就太老，烤得嫩些的又還有血色，讓人提不起胃口，比起北京的烤肉串遜色許多。

第一個將肉串起來烤的人，一定是圖方便，烤的人翻轉時方便，吃的人可以直接取食也方便，因此大陸人也依此一特性發展出麻辣燙，是成都常見的小吃，連濟南、杭州都可以見到，將各種肉和丸子串成一串，放進麻辣鍋中燙，燙好了還沾上一層麻辣鍋中的紅油，吃起來又是另一種滋味，四川海椒特有的鮮辣和花椒的麻，嗜辣的人一吃上癮。

開胃與開心

西餐裡的開胃菜是我最喜歡的料理之一，分量不多，但是花樣繁多，而且裝盤充分滿足視覺上的美感，有時候，我會故意不點主菜不點湯，卻點上三四樣開胃菜，搭配一杯富含果香味酸度適中的白酒，霎時幸福起來，面前豐富的料理吃在嘴裡各有滋味，這樣的快樂相較於人生中其他欲望，應該是最易獲得的吧！當然偶爾也會遇到不識趣的服務生，以爲你看不懂菜單，點錯了。

曾經在香港電影中聽到一句對白是這樣的：胃口開了，心也就開了。小的時候有好吃的糖果蛋糕，就覺得開心，長大一些就不那麼容易快樂，因爲在意的事愈來愈多，別人的價値觀混雜進自己的行事裡，負面情緒也隨之增加，就連吃的樂趣也忘記了。但是年紀再大一些，也許是認淸了人生難如期待，又漸漸領悟吃美味的食物是最實際也最輕易就能討好自己的方法，與其等別人帶給自己快樂，不如自己替自己創造，當喜歡的食物送入口中時，不只是胃裡，心裡得到更大的滿足。

據說減肥的人容易罹患憂鬱症，我想這是很有道理的，不但爲了身材必須強迫自己放棄喜歡的美食，偶爾按捺不住吃了高熱量的冰淇淋、巧克力、炸雞、牛排或起士蛋糕，不但沒有得到滿足，反而是心中充滿愧疚自責，更讓人沮喪的是嚴格控制熱量攝取的減肥食譜，往往初試時體重略有下降，一段時間後就陷入了所謂的停滯期，儘管忍受著壓抑口腹之欲的痛苦，體重卻沒能達到預期的目標。人生中不如意的事夠多了，如果爲了健康而改變飲食習慣，那是有其不得不然的背景因素，爲了身材這種虛幻的美感壓抑食欲，放棄了生活中最易獲得的快樂，難怪心情鬱卒啊。

想想中文裡的「點心」這個名詞，點心應該是製作精緻、口味具巧思、分量少的食物，像是中式菜肴冷盤熱盤湯水後上的一碟棗泥鍋餅，或是廣東人飲茶時搭配的燒賣魚翅餃，閒來無事午後吃的一碗銀耳蓮子羹，寒冷夜晚時熱騰騰的芝麻糊，解饞舒心的意義大於充饑，所以這些點心的製作有時比正餐還繁複，因爲點心所能達成溫暖甜蜜的關懷之意，不是正餐所能企及。每日三餐已是人類賴以生活的習慣，上班族中午總有一個半小時左右的午餐時間，也許叫便當外送，也許吃碗三鮮湯麵，講究一點的來份包括沙拉、公司湯和咖啡的商業套餐，三餐是人生分內的，點心卻是額外的，所以特別誘人，金黃芬芳的芒果布丁，香濃嫩滑的蚵仔麵線，在維持生計的正餐外，多給自己的一點安慰一點疼愛。難怪多年以前有人用正餐形容夫妻，用點心形容外遇，正餐講究的是營養均衡，口味宜清淡，但是點心最好滋味濃郁，吃畢猶有餘香，且賣相一定要佳。

英國人喜飲下午茶，可見其深知點心之意味，一壺紅茶搭配三層茶點，考究的描花細磁盤裡，通常底層是三明治，中層是蛋糕、餅乾，上層是巧克力，口味各不相同，在宜人的環境裡消磨兩、三個小時，的確很愜意。我曾在香港半島酒店享用英國式傳統下午茶，馥郁的茶香和豐富精製的茶點，雖然是一個人的旅行也不覺寂寞。法國人則喜歡長長的晚餐，一道菜一道菜慢慢上，講究一點的還要搭配相應的紅白酒，爲了清除前一道菜在口中的餘味，須適時送上一杯薄荷冰沙，才能讓味蕾清清爽爽，充分享受下一道佳肴的美味。如果以餐食比喻感情，我倒覺得午茶點心像是短暫愛情遊戲，精緻美麗，但若天天如此，難免耽誤日常工作；豐富的晚餐是兩情相悅的長久愛戀，有起有伏，有清爽有濃郁，互爲搭配才能完美引人。

幾年前，臺灣經濟狀況還不錯的時候，女性消費族群流行作SPA紓壓，在朋友的慫恿下，我也挑選了一套精油SPA療程，每周抽出兩個小時，沉浸在洋溢佛手柑、洋甘菊、尤加利、薰衣草的氛圍裡，身體按摩搭配面膜，悠緩的音樂，芳香的空氣，我通常在上午十點去，離開時正好是午餐時間，附近連雲麗水永康幾條小街有不少好吃的，担担麵配椒麻蹄花、小籠蒸排骨，越南牛肉河粉佐春捲、涼拌木瓜絲，或是泰式椰香咖哩雞和月亮蝦餅，作完精油SPA的我總覺得一頓味美的午餐帶給我的滿足實在大於敷臉按摩，精油SPA療程漸漸拖延起來，從一周一次變成兩周一次、三周一次，吃飯倒是一頓也沒落下。

如今全球經濟危機，餐飲生意自然也受到影響，但並非昂貴的食物才美味，我想起小時候，每個星期天上午哥哥帶我去市場吃切仔麵，那是假日裡的一個節目，平常上學的日子我們一律在家吃過媽媽準備的早餐才出門，星期天的上午是我們兄妹倆「下館子」的日子，偶爾我們也會選擇燒餅油條豆漿換換口味，但是最常吃的還是切仔麵，油麵、豆芽和韭菜燙熟了，澆上香噴噴的肉燥和大骨熬製的湯頭，是一道百吃不厭的平民美食。還有更便宜的點心，小時候媽媽將收拾家裡舊報紙的工作也交給我們兄妹，每隔一段時間，我就會幫著哥哥將家裡過期的舊報紙用繩子捆牢，賣給穿梭巷子喊著酒矸倘賣沒的收破爛小販，換來的零錢可以買鮮肉包，也可以買炸蘿蔔糕，不上課的午後時光突然添出簡單的色香味。

許多小餐館的門口會寫著：豐儉隨意，說的是菜色吃食，說的也是人生，吃作爲一項生活樂趣，可以是魚翅燕鮑，也可以是豆腐青菜，後者別有一番滋味，料理得當有時更勝前者。開胃，開心，把胃口吃開了，心也就開了。

關於海洋裡的軟體生物

多年前，旅行澳洲時，應該是在阿德雷德市，一大早吃完早餐去逛市場，在一家賣海產的小店裡，看見一個人，坐在店裡爲數不多的小圓桌前，白色的桌面上放了一打生蠔，他將檸檬汁擠在蠔敞開的殼上，然後湊近嘴邊，流暢的滑進口中，再啜飲一口冰過的白酒，就這樣反覆吃喝著，時間是早上八點多，生蠔佐以白酒這樣的組合，在我的認知裡，至少應該是接近黃昏時才會出現在餐桌上的，眼前陌生人特異的口味不免令我驚詫。回到臺北和友人說起這段小插曲，朋友說，那可能不是他的早餐，而是激戰一夜後的消夜，只是激情纏綿中時間過得太快，離開時竟已天光大亮，所以古人說春宵苦短啊。朋友的解讀顯然比我豐富了許多，我只覺得遇到的人口味特別，他卻聯想出滿滿一夜悱惻情節。

因爲是蠔的緣故吧，許多人相信有增強性能力的功用，是否屬實？我不曾請教過專家，小時候倒是常吃蠔，只不過吃的是熟的，媽媽不知道是自創還是和人學的，她將牡蠣放進麵糊裡，麵糊中已經先放入了雞蛋和蔥花等配料，然後在炒鍋裡擱一點油，油燒熱，倒入一勺混合了牡蠣的麵糊，她說這就是蚵仔煎，和夜市裡加了青菜和許多地瓜粉漿的做法不同，我更喜歡媽媽做的版本，半個巴掌大的蚵仔煎裡，有好幾枚蚵仔，吃在嘴裡滋味濃郁，不像臺版蚵仔煎，地瓜粉漿在鐵板上熟透後呈半透明狀，混合著雞蛋，蚵仔散布其間，反而成了配角。後來在廣東吃到了潮州版的蠔煎，倒和小時候媽媽做的相似。另有一款小吃蚵嗲，以牡蠣、碎肉加上大量的韭菜裹了麵糊炸，小時候我不敢吃，覺得韭菜味道太重，賣蚵嗲的小攤通常也賣炸地瓜片、蘿蔔糕和芋粿巧，我寧願吃地瓜片，長大後才吃出了蚵嗲的滋味，濃郁的韭菜香，搭配來自海洋生物與陸生畜養肉品的滋味，豐富誘人。

啤酒屋裡常見的豆蔭蚵仔，搭配九層塔特殊的香氣，分外鮮美。不論哪一種做法，我習慣的牡蠣吃法都是熟的，最簡單的蚵仔酥，只要牡蠣新鮮，油炸麵糊比例對，火候恰當，就十分美味。有一度我愛上炭烤石頭蚵，炭爐上架起一張網，牡蠣乖乖躺在貌似石頭的殼裡，放在網上烤熟，加入一點醬汁，或者胡椒鹽，再擠一點檸檬汁，就非常美味。沒錯，我喜歡吃熟的牡蠣，烤的炸的煎的，甚至煮湯，或是麵線，生吃於我是有障礙的，因此，當我在阿德雷德看見有人一早就吞下一打生蠔時，詫異得沒法想像他背後的故事。

吃生蠔，我有障礙，但是爲了明白生蠔究竟是什麼滋味？以及這個心理障礙帶給自己的損失，是否讓我覺得遺憾，我當然得先試試看。剛從學校畢業，有位職場前輩帶我去圓山俱樂部吃西餐，那裡是會員制，當時我才來臺北不久，根本不知道有這麼一個所在，她說圓山俱樂部的西餐道地，在她的慫恿下，我第一次吃了生蠔，來自法國海岸，不像後來自助餐提供來自紐西蘭的那般碩大，她說，你至少該知道自己放棄的是什麼？我鼓起勇氣吃了，確定我對於自己選擇放棄的不覺可惜，從此安心。人生中的許多選擇，其實也簡單若此，卻往往想不明白，徒生複雜情緒。

蠔、牡蠣、蚵仔其實說的都是同一樣食材，臺灣人習慣稱之爲蚵仔，廣東人則說蠔。但是花枝透抽軟絲和小管一樣嗎？據說魷魚、章魚、花枝、透抽、小卷、軟絲同屬「頭足綱」，和「斧足綱」的文蛤、花蛤、海瓜子，「腹足綱」的九孔、鐘螺、鳳螺，在生物演化上屬同祖源的遠房親戚。而頭足綱又可以分爲八隻觸腕的章魚類，十隻觸腕的魷魚類、烏賊類、鎖管類，演化上是同一家族，魷魚和章魚容易區分，難區分的是烏賊類，包括眞烏賊的花枝、耳烏賊的墨斗仔。還有鎖管類，包括俗稱「透抽」的眞鎖管，「小卷」的鎖管，「軟絲」的軟翅仔。是不是有點複雜？朋友不明白爲何我分不清，解釋透抽體型如管狀，軟絲的腰身上則有一襲扇形篷裙，外觀分明不同，我在市場見到卻依然感到霧煞煞。

小時候，我只知道花枝和魷魚，我們家比較常吃這兩樣。母親是煙臺人，小時候在青島讀書，都是靠海的城市，但她似乎並不特別喜歡海鮮，小時家裡比較常吃的海產是魚，紅燒黃魚比目魚，或者乾煎帶魚旗魚，有一度常吃鯊魚，後來和朋友聊起來，那似乎是五年級生共同的記憶，在物力維艱的年代，也許當時漁獲量大且價格不高的鯊魚曾經是媽媽們爲孩子補充蛋白質的好選擇，至於秋刀魚鱈魚一類的出現在我們家餐桌上，都是稍晚的事。媽媽料理魷魚，通常是炒芹菜，花枝則炒韭菜花，後者炒時加醬油，前者不加。我原不知在魷魚和花枝之外，還有與之相似的親戚，小學三年級開始上全日班，中午帶便當，我在同學的便當盒裡看見了小管，是我從沒吃過的，鹽醃漬過的小管蒸熟，加上薑絲炒過，粉色的小管身上還有深深淺淺紅色的花紋，我問媽媽爲什麼我們家從沒吃過？她說小管肚子裡有黑色的墨汁，看起來不乾淨，這些在媽媽形容下有如一肚子垃圾的墨汁，在我更大一些，開始和朋友外食的時候，才知道義大利人將其加入麵條，做成了好吃的墨魚麵。三十多年前的臺灣，義大利菜並不普遍，披薩義大利麵當然是吃過的，但是黑乎乎的墨魚麵我卻是成年後才嚐過，此時的我早已經過了可以不在意吃相的年紀，所以雖然覺得墨魚麵滋味不錯，但爲了避免滿嘴染成烏漆麻黑，吃完嘴唇牙齒還擦不乾淨，總是捨棄那墨黑的醬汁，選擇青醬或茄汁系列，我想除了面對糾纏不休不肯痛快分手的前任情人，想讓他一睹滿嘴漆黑的醜陋容顏後，再無眷戀之心，甘心分手之外，這一款料理並不適合在其他友人面前毫無顧忌的大快朵頤。也有朋友不願放棄此一美味，每逢吃時必定力勸同桌用餐者一起食用，吃畢再相偕清除唇齒間留下的痕跡，她認爲如此不但同享美食，還可以促進情感交流。

墨魚麵吃完的清除工作確實有些煩人，但是小管依然吸引著我，爲了方便食用，店家已先將小管體內洗淨，加了薑絲九層塔一起烹製，是道地臺式家常料理，連上班族學生光顧的自助餐店也常見到，家裡依然不做這道菜，於是我獨自用餐時，常常會爲自己準備一份小管，品味牠特有的肉質，慢慢嚼出大海的滋味。至於家裡在魷魚花枝之外，倒是出現了章魚，塊狀章魚煮成海鮮湯或裹麵糊油炸，雖然是冷凍的食材，經過料理依然豐厚鮮美。

然而，讓我記憶最深刻的頭足類料理，其實還是媽媽做的韭菜花炒花枝。初中畢業旅行在初三上學期的十一月舉行，由臺中出發前往墾丁，途經西子灣、月世界，和同學們出遊固然新奇，但是安排的食物卻是吃不慣的，旅行結束回到家，已經過了晚餐時間，媽媽將韭菜花炒花枝熱過，配上一碗白飯，至今三十多年過去了，我依然記得它的滋味與口感，花枝的鮮美彈牙，與韭菜花味辛質嫩的特殊口感，奇妙的組合成誘人滋味，在醬油的陪襯下特別下飯。

曾經認識一個女孩，同桌吃飯時，許多食物她是不碰的，開始以爲她吃素，後來她說，她也吃葷，只是不吃有臉的生物，因爲看見生物眼耳鼻口等，便覺沒有胃口。我一時竟想不起何種生物無臉，女孩說：貝殼類啊，牡蠣、文蛤、海瓜子，我都吃。原來這也是一種分類方式，比介門綱目科屬種平易近人多了。所以，以此方式來看，海裡的軟體生物也就這樣兩類，對食客而言，不過是吃與不吃，而吃得出其中滋味，也算是對大海的一種感謝與尊重吧。

九歌文庫 1166

酸甜江南

作者　楊明
責任編輯　蔡佩錦
創辦人　蔡文甫
發行人　蔡澤玉
出版發行　九歌出版社有限公司
臺北市105八德路3段12巷57弄40號
電話／02-25776564・傳真／02-25789205
郵政劃撥／0112295-1
九歌文學網　www.chiuko.com.tw
印刷　晨捷印製股份有限公司
法律顧問　龍躍天律師・蕭雄淋律師・董安丹律師
初版　2014（民國103）年8月
定價　280元

書號　F1166
ISBN　978-957-444-952-1
（缺頁、破損或裝訂錯誤，請寄回本公司更換）

國家圖書館出版品預行編目資料

酸甜江南 / 楊明著. -- 初版. -- 臺北市：
九歌, 民103.08

232 面 ;14.8×21公分. -- (九歌文庫 ; 1166)

ISBN 978-957-444-952-1(平裝)

855 103012334